LA FORZA DI JAYME

Team Delta Due, Libro 4

SUSAN STOKER

Titolo originale: *Shielding Jayme*

Traduzione dall'inglese di Patrizia Zecchin per One More Chapter Translations

Editing di Nadia Carena

Meritare Lara

Meritare Maisy

Meritare Ryleigh

Forze Speciali alle Hawaii

Trovare Elodie

Trovare Lexie

Trovare Kenna

Trovare Monica

Trovare Carly

Trovare Ashlyn

Trovare Jodelle (22 Luglio)

Armi & Amori: verso il futuro

Soccorrere Caite

Soccorrere Brenae

Soccorrere Sidney

Soccorrere Piper

Soccorrere Zoey

Soccorrere Avery

Soccorrere Kalee

Soccorrere Jane

Delta Force Heroes

Salvare Rayne

Salvare Emily

Salvare Harley

Il Matrimonio di Emily

Salvare Kassie

Salvare Bryn

Salvare Casey

Salvare Sadie

Salvare Wendy

Salvare Mary

Salvare Macie

Salvare Annie

Armi e Amori

Proteggere Caroline

Proteggere Alabama

Proteggere Fiona

Il Matrimonio di Caroline

Proteggere Summer

Proteggere Cheyenne

Proteggere Jessyka

Proteggere Julie

Proteggere Melody

Proteggere il Futuro

Proteggere Kiera

Proteggere i figli di Alabama

Proteggere Dakota

Mercenari di Montagna

Difendere Allye

Difendere Chloe

Difendere Morgan

Difendere Harlow

Difendere Everly

Difendere Zara

Difendere Raven

Ace Security

Il riscatto di Grace

Il riscatto di Alexis

Il riscatto di Bailey

Il riscatto di Felicity

Il riscatto di Sarah

Una raccolta di storie brevi

Un momento nel tempo

CAPITOLO UNO

«TI COMPORTI IN MODO STRANO, nonna, che succede?» chiese Jayme Caldwell, guardandola con sospetto. Winnie Morrison era una delle sue persone preferite al mondo. Aveva novantun anni, ma si comportava come se ne avesse trenta di meno. Era una ficcanaso, ma nessuno si arrabbiava con lei quando si intrometteva nei loro affari, perché lo faceva senza cattiveria. Non parlava con gli sconosciuti, e non era da lei invitare un estraneo a casa sua per offrirgli una tazza di tè.

Jayme si era trasferita a Killeen, in Texas, per vivere con sua nonna mentre decideva cosa voleva fare della sua vita. Pensava di averne trovata, o di averne costruita, una perfetta a Seattle, ma non aveva funzionato... e quello era anche il motivo per cui ora stava faticando a capire cosa fare in futuro.

«Non succede niente» disse Winnie, senza incontrare il suo sguardo.

Fece un sospiro e decise di non insistere. Avrebbe scoperto molto presto perché sua nonna si stesse comportando in modo così strano. Continuava a guardare il telefono e a sorridere. Jayme le aveva comprato un iPhone un anno e mezzo prima, in modo che potesse tenersi in contatto più facilmente con la famiglia, ed era peggio di un'adolescente; controllava costantemente i messaggi e inviava meme assurdi a tutti i suoi amici.

«Sei sicura che la cena sarà pronta per le sei?» le chiese la nonna.

«Sì. Perché? Hai un appuntamento galante?» la prese in giro. Si era offerta di prepararle la cena. Amava cucinare, ma ultimamente non aveva avuto la possibilità di fare le cose in grande. Quella era la sera buona. Aveva preparato una Caesar Salad con un condimento fatto in casa, una crema di carciofi e spinaci con cracker, conchiglioni ripieni alla parmigiana e per dessert la sua specialità, la torta Butterfinger. Ovviamente, non aveva resistito alla tentazione di fare una pagnotta di banana bread, così come i preferiti di nonna... i biscotti al burro di arachidi vecchio stile.

Quando cucinava le sembrava di non avere un problema al mondo... anche quando in realtà tutto stava cadendo a pezzi intorno a lei. In cucina, tutto il suo stress sembrava svanire... e riusciva a dimenticare per un po' la ragione per cui si era trasferita in Texas a vivere con sua nonna.

«C'è un profumo delizioso qui dentro, amore» disse Winnie, avvicinandosi e mettendole un braccio intorno alle spalle. Jayme non era alta, ma anche con il suo metro e sessantasette torreggiava sulla nonna che, nonostante fosse un metro e cinquantadue sopperiva all'altezza con la sua personalità estroversa.

«Grazie» disse, arrossendo d'orgoglio. Una delle sue cose preferite in assoluto era far mangiare le persone. Soddisfaceva qualcosa nel suo profondo.

«Perché non vai di sopra a cambiarti» le suggerì Winnie.

«Cambiarmi?» le chiese confusa, guardandosi. Indossava un paio di jeans e una maglietta. Il grembiule sopra i vestiti era coperto di farina e di altre macchie di cibo. Non era la cuoca più ordinata al mondo, ma nessuno si era mai lamentato dopo aver assaggiato quello che aveva preparato.

«Sì. Magari mettiti quel prendisole che indossavi quando sei arrivata qui. È carino e ti sta benissimo.»

Jayme corrugò la fronte. «Ma siamo solo noi. Perché dovrei vestirmi bene?»

La nonna scrollò le spalle. «Non lo so, perché no? Io mi sono messa uno dei miei vestiti preferiti.»

Annuì. Non aveva voluto chiederle perché si fosse messa in ghingheri; era sempre stata eccentrica. E comunque, pensò che non sarebbe stata una cattiva idea cambiarsi. Nel corso degli anni aveva imparato che era più facile assecondarla che litigare con lei.

Si asciugò le mani, posò lo strofinaccio sul bancone e si avviò verso le scale per andare nella sua camera da letto. Da Winnie non c'era molto spazio, ma per lei andava benissimo. Aveva una donna delle pulizie che andava una volta alla settimana per aiutarla a tenere pulito e in ordine, e aveva detto più di una volta di non aver bisogno di una casa enorme. Poi le aveva strizzato l'occhio dicendole che se si fosse trasferita, non avrebbe più potuto mangiarsi con gli occhi il soldato sexy che le falciava regolarmente il prato.

Jayme scosse la testa mentre si toglieva la maglietta e i jeans. Sua nonna era esilarante e temeva il momento in cui non sarebbe più stata nella sua vita. Nessuno la capiva come faceva lei. Nemmeno i suoi genitori.

Aveva già provato a spiegare a sua madre come si sentiva per quello che era successo a Seattle, ma lei continuava a non capire quale fosse il problema.

Dopo essersi infilata il prendisole rosso a pois bianchi, si sedette sul bordo del letto e sospirò.

Pensare alla panetteria che aveva creduto sarebbe

stata sua un giorno, era deprimente. Si era fatta il culo alla Gingerbread House per un decennio. La proprietaria le aveva assicurato che quando si fosse ritirata, gliel'avrebbe venduta. Claire era una dolce vecchietta che amava cucinare quanto lei.

Ma tre mesi prima, l'aveva presa in disparte e informata che suo nipote avrebbe rilevato il negozio.

Scosse la testa, cercando di scacciare i pensieri degli orribili ultimi tre mesi e si alzò per andare nel bagno del corridoio. Fissando il suo riflesso, non poté fare a meno di sussultare. Sembrava malata. Le guance erano pallide, aveva le occhiaie a dimostrare che non dormiva bene. I capelli castano chiaro erano spettinati; si era fatta una crocchia disordinata per tenerli lontani dal viso mentre cucinava.

Si tolse l'elastico e li spazzolò velocemente. Erano folti e il più delle volte era una scocciatura sistemarli. Le punte si arricciavano intorno ai seni, che Jayme pensava fossero troppo grandi per il suo corpo. Anche il prendisole le avvolgeva le curve, mettendola un po' a disagio, ma dal momento che quella sera sarebbero state solo lei e la nonna, non prese lo scialle che metteva di solito per cercare di nasconderle.

Fece un respiro profondo raddrizzando le spalle. Non era esattamente pronta per sfilare sul red carpet, ma dovette ammettere con riluttanza che il vestito le donava. Stava lavorando sull'autostima in tutti gli aspetti della sua vita. Perdere la possibilità di possedere una panetteria tutta sua era stato un duro colpo, ma era una fornaia e una cuoca dannatamente brava, ed era felice di passare più tempo possibile con la nonna.

Senza preoccuparsi di truccarsi – lì avrebbe messo un limite – si voltò e andò verso le scale. Doveva controllare i conchiglioni ripieni e mescolare la crema. Il profumo dei biscotti appena sfornati permeava l'aria, facendola sorridere mentre andava in cucina.

Si fermò di colpo sulla soglia, sbattendo le palpebre confusa.

Con la nonna c'era un uomo che non aveva mai visto prima.

«Oh, eccola!» disse lei allegramente. «Vieni a conoscere Rocket, amore.»

Rocket? Jayme era perplessa, ma si fece avanti educatamente.

«Lui è Rocket Long. L'ho incontrato al supermercato ed è stato così gentile da aiutarmi a portare in macchina tutti i sacchetti della spesa. Lavora alla base dell'esercito come meccanico di elicotteri. Si è fermato qui un paio di volte per vedere come stavo.»

Guardò l'uomo accanto a sua nonna e dovette sforzarsi di non voltarsi e scappare.

Era assolutamente stupendo.

Almeno trenta centimetri più alto di lei, aveva i capelli neri un po' ingrigiti sulle tempie e un'ombra di barba. Le sue labbra erano piene e in quel momento incurvate verso l'alto in un piccolo sorriso. Aveva la mascella quadrata, gli occhi del colore del cioccolato fondente... e un profumo delizioso. Agrumato. Pensò che fosse il suo shampoo o il bagnoschiuma. Qualunque cosa fosse, le faceva venire voglia di seppellire il naso nell'incavo del suo collo.

«Ehm... ciao» lo salutò Jayme un po' imbarazzata e intimidita da quell'uomo bellissimo.

«E questa è mia nipote, Jayme Caldwell. Si è appena trasferita qui da Seattle. È una fornaia straordinaria. Aspetta solo di assaggiare i suoi dolci. Sono buoni da morire.»

«Piacere di conoscerti» disse Rocket con un cenno della testa.

Gli rivolse un piccolo sorriso, sentendosi enormemente a disagio. Era brava con gli sconosciuti quando lavorava, non esitava a offrire suggerimenti su quale delizia provare e a spiegare gli ingredienti delle prelibatezze che preparava, ma socialmente era sempre stata goffa. Non sapeva mai cosa dire o fare con le persone appena incontrate.

Il telefono di Winnie squillò, con la suoneria che aveva scaricato per i messaggi. Guardò il telefono, si accigliò. «Oh, cielo!» esclamò.

«Cosa? Che c'è che non va?» chiese Jayme, preoccupata.

«Niente. Mi ero solo dimenticata di aver detto a Maude che stasera sarei andata con lei a giocare a bingo. Ed è qui fuori che mi aspetta. Mi dispiace così tanto, amore. Rocket, rimarrai qui a fare compagnia a mia nipote, vero? Ha preparato tutto questo cibo e sarebbe un peccato che andasse sprecato.»

Il viso di Jayme avvampò. Dannazione. Sapeva che sua nonna stava tramando qualcosa quando le aveva chiesto di preparare loro un pasto sontuoso e di andare a mettersi il prendisole. Aveva organizzato tutto! Era impossibile che si fosse dimenticata del bingo con la sua amica. Winnie aveva una memoria di ferro. Poteva anche essere vecchia, ma la sua mente era più lucida che mai.

«Be', io...»

«Ci ha lavorato tutto il pomeriggio» incalzò, non permettendo a Rocket di tirarsene fuori con educazione. «Tornerò per le nove o le dieci. Non aspettarmi alzata!»

Le mise una mano sul braccio e si alzò in punta di piedi per baciarla sulla guancia. «Divertiti» sussurrò strizzandole l'occhio, poi si voltò e andò alla porta d'ingresso senza voltarsi indietro.

Jayme strinse le labbra e fece un respiro profondo. Si voltò verso l'uomo che sembrava fuori posto lì nella cucina della nonna, e rimpiccioliva completamente l'ambiente. Le sorrise e quasi si sciolse; era troppo bello e non era un bene per lei.

«Non devi restare» lo rassicurò. «Se hai fame, posso impacchettarti qualcosa. Sono stata vittima delle macchinazioni di nonna fin troppe volte e so come ci si sente ad essere colti alla sprovvista da lei.»

«La tua cucina è buona come sostiene Winnie?» le chiese.

Non era presuntuosa, non le piaceva vantarsi, ma sapeva di essere una brava cuoca e fornaia. Scrollò le spalle e rispose semplicemente: «Sì.»

«Allora, se non ti mette troppo a disagio mangiare con uno sconosciuto, mi piacerebbe rimanere.»

CAPITOLO DUE

ROCKET FISSÒ in silenzio la donna di fronte a lui e aspettò con il fiato sospeso per vedere cosa avrebbe detto in risposta alla sua richiesta di rimanere. Avrebbe dovuto essere sconvolto che Winnie li avesse incastrati. Non aveva detto che sua nipote era in città quando la settimana prima gli aveva mandato un messaggio per invitarlo a mangiare lì.

Un paio di mesi prima, aveva incontrato Winnie al supermercato e sorprendentemente avevano legato. Gli ricordava molto la sua defunta nonna. Si erano scambiati i numeri di telefono ed era passato da lei un paio di volte per controllarla. A Rocket mancava molto sua nonna e non si vergognava di ammettere di sentirsi solo.

Aveva provato con le app di incontri, ma nessuna delle donne che aveva incontrato era sembrata interessata a una relazione a lungo termine. Era per lo più contento anche di stare da solo, ma non poteva negare che Winnie fosse una boccata d'aria fresca. Lo faceva ridere e gli piaceva che anche lei sembrasse apprezzare la sua compagnia.

Era single, non aveva una relazione da alcuni anni e la possibilità di avere un pasto cucinato in casa era troppo allettante. Rocket non era molto bravo in cucina. Non moriva di fame, grazie al suo barbecue e ai pasti surgelati, ma negli anni aveva imparato che le sue abilità culinarie lasciavano molto a desiderare.

Nel momento in cui era entrato in casa di Winnie quella sera, gli era subito venuta l'acquolina in bocca. C'era un profumo assolutamente divino. Il suo stomaco aveva brontolato ed era scoppiato a ridere quando sentendolo lei aveva inarcato un sopracciglio.

L'ultima cosa che voleva, era tornare nella sua casa vuota e sorbirsi un altro pasto al microonde. Sperava che Jayme decidesse di sentirsi a suo agio con lui. Rocket sapeva di dar l'impressione di essere inavvicinabile; era grande, alto e grosso. Doveva acquistare da vestire in negozi specializzati per trovare la taglia.

Si mise le mani in tasca spostando il peso da un piede all'altro per cercare di sembrare meno minaccioso. Il più delle volte non gli importava degli sguardi nervosi che gli rivolgeva la gente. Non era uno che si metteva a far chiacchiere inutili, e se le persone avevano paura di lui non cercavano di coinvolgerlo in una conversazione.

Winnie era stata la rara eccezione. Aveva accettato di buon grado la sua titubante offerta di aiutarla a portare la spesa in macchina e aveva continuato a chiacchierare, senza preoccuparsi del fatto che lui non avesse risposto molto. Sua nipote chiaramente non era così loquace, sebbene potesse vedere le somiglianze fisiche tra le due. Erano entrambe minute, avevano il viso a forma di cuore e anche una piccola fossetta quando sorridevano. E immaginò che probabilmente, prima che i capelli di Winnie diventassero grigi, fossero dello stesso castano chiaro della nipote.

Rocket fece del suo meglio per mantenere lo sguardo sul viso di Jayme... ma aveva la mente bloccata sulle sue curve. L'abito rosso che indossava delineava deliziosamente i fianchi larghi e il seno abbondante. Essendo un uomo grande e grosso, era sempre stato attratto da donne che non dessero l'impressione di rompersi se le avesse toccate. Era formosa... e gli prudevano quasi le mani dalla voglia di sentire se la sua pelle era morbida come sembrava. Il vestito le arrivava al ginocchio e per un secondo, immaginò di inginocchiarsi di fronte a lei e di far scorrere la mano sotto l'orlo e su per la coscia, di sentirla trattenere il respiro, di inspirare la sua eccitazione mentre la mano si avvicinava sempre di più al suo sesso bagnato fradicio...

«Qualsiasi amico di nonna è mio amico» disse con dolcezza Jayme.

E quella voce. Solo il suono gli faceva desiderare cose che non aveva mai avuto. Notti pigre accoccolati nel suo letto king-size, lunghe conversazioni intellettuali al tavolo da pranzo, sentirla sussurrargli all'orecchio mentre la prendeva piano, a lungo e con tenerezza.

Merda. Era chiaro che avesse passato troppo tempo da solo. Doveva smettere di pensare al sesso, altrimenti l'avrebbe spaventata a morte con la sua erezione.

La maggior parte delle persone quando lo guardava, vedeva la sua taglia, le sue grandi mani annerite da anni di lavoro in mezzo all'olio dei motori. Per qualche ragione, pensavano anche che non fosse poi così brillante. Ma Rocket in realtà aveva un master in economia. L'aveva ottenuto frequentando un'università online e non l'aveva detto a nessuno; era annoiato e aveva voluto sfidare se stesso.

«C'è un ottimo profumino qui» disse, cercando di metterla a suo agio.

Un sorriso le illuminò il viso. «Grazie.»

«Cosa si mangia?» Gli venne l'acquolina in bocca mentre lei snocciolava il menu. «Posso aiutarti?»

«Vuoi apparecchiare la tavola?» gli chiese.

Annuì, tirando un sospiro di sollievo per il fatto che non gli avesse chiesto di fare qualcosa che riguardasse la cucina.

«I piatti sono in quell'armadietto e le posate in quel cassetto laggiù.»

Rocket si spostò nella stanza e si rese subito conto di quanto fosse piccolo l'ambiente. Poteva sentire il profumo di Jayme o la lozione o lo shampoo. Sapeva di spiaggia, cocco e fiori tropicali. Sentì il suo cazzo contrarsi nei jeans e decise di darsi una calmata. L'ultima cosa che voleva fare era crearle disagio.

Mentre si avvicinava, notò quanto fosse bassa rispetto a lui. Con Winnie avevano riso della loro estrema differenza di altezza ed era abituato a torreggiare sulla maggior parte delle persone. Ma guardando Jayme in quel momento, sembrava che si sarebbero incastrati perfettamente. Se l'avesse presa tra le braccia, la testa si sarebbe appoggiata al suo petto.

Il pensiero di stringerla a sé e di affondare il viso tra i suoi capelli lo fece irrigidire. Quella reazione viscerale verso di lei era quasi spaventosa.

«Tutto bene?» gli chiese preoccupata.

Annuì. Aveva bisogno di controllarsi, altrimenti Jayme lo avrebbe creduto un maniaco e avrebbe messo in guardia sua nonna di star lontana da lui. «Immagino sia la fame» mormorò con un sorriso.

«Bene. Ho esagerato, come al solito. C'è abbastanza cibo per sfamare un esercito.»

Rocket si allungò su di lei per prendere i piatti nell'armadietto e li portò subito sul tavolo prima di fare qualcosa di stupido... come abbracciarla.

«Mi dispiace davvero che nonna ti abbia ingannato» gli disse mentre controllava la pasta nel forno.

«A me no» ribatté con sincerità. Quando si voltò vide che stava arrossendo. Non riusciva a ricordare l'ultima volta che aveva visto un vero rossore sul viso di una donna. «Winnie mi ha parlato un po' di te. È un piacere conoscerti di persona.»

Jayme alzò gli occhi al cielo. «Certo che l'ha fatto. Nonna non riesce a resistere a raccontare a tutti la storia della sua vita, e anche la mia.»

«Non ha detto altro che cose positive» la rassicurò.

Lei sorrise. «Mi fa diventare matta, ma le voglio un bene dell'anima. Non so cosa avrei fatto se non mi avesse invitata a stare un po' con lei qui in Texas.»

«Va tutto bene?» le chiese, volendo sapere il più possibile di lei. Tirò fuori le posate dal cassetto mentre Jayme cominciava a mettere la Caesar Salad nelle ciotole.

Sospirò. «Non proprio.»

Gli sarebbe piaciuto dirle che l'avrebbe aiutata come poteva, ma si erano appena conosciuti. Non aveva motivo di sfogarsi con lui o di accettare qualsiasi offerta di aiuto. «So che non mi conosci... ma mi è stato detto che sono un buon ascoltatore.»

Le prese di mano le ciotole di insalata e lei sollevò la testa e lo guardò negli occhi a lungo. «Grazie» sussurrò.

Annuì. Anche se era deluso che non avesse accettato l'offerta di confidarsi con lui, non ne fu completamente sorpreso.

Passarono i minuti successivi a portare il cibo in tavola, poi Rocket le tenne la sedia e lei lo ringraziò di nuovo sommessamente mentre si sedeva.

«Ha un aspetto appetitoso» le disse impressionato.

«Non è niente di speciale» replicò un po' imbarazzata.

«Sbagliato. È incredibile. Non riesco a ricordare l'ultima volta che ho mangiato un pasto fatto in casa che avesse un aspetto squisito come questo.»

«Be', lascia spazio per il dessert, perché mi hanno detto che la mia torta Butterfinger è buona da morire.»

Rocket gemette.

«E ho fatto dei biscotti al burro di arachidi per nonna, ma dopo quello che ha combinato stasera, penso che te li darò tutti da portare a casa.»

«Vuoi sposarmi?» le disse di botto.

Jayme rise e lui si rese conto di aver scherzato solo a metà. Non sapeva molto di lei ma Winnie gli aveva detto che era una cuoca eccezionale, il semplice fatto di starle vicino lo faceva sentire più leggero. Più felice. Più soddisfatto.

«Magari potrei solo essere il tuo fornitore di biscotti» rispose.

«Ci sto» accettò senza esitazione.

«Forse non dovresti impegnarti prima di aver assaggiato tutto» disse, con una piccola scrollata di spalle.

«Non serve. Qualsiasi cosa farai sarà mille volte meglio di quello che potrei preparare io.»

«Non cucini?» gli chiese, prendendo la forchetta.

Seguendo il suo esempio, Rocket mangiò un boccone d'insalata, mandandolo giù prima di rispondere. «No. Proprio per niente. Non ho mai imparato le basi. Mia madre non era molto presente, e l'idea della cena di mio padre era di mettere un po' di mortadella tra due pezzi di pane e dire che era pronto. Quando potevamo permettercelo, spendevamo un occhio in cibo d'asporto.»

Invece di guardarlo con pietà, Jayme sembrò più curiosa. «Non hai mai imparato nemmeno da adulto?»

Scrollò le spalle. «Dopo essermi diplomato al liceo, mi sono arruolato in Marina. Ho passato molto tempo sulle navi in mezzo all'oceano. Provvedevano loro a fornirmi i pasti. Da quando ho lasciato e ho iniziato a lavorare a contratto, mi sono accontentato di vivere di cibo da asporto e surgelati.»

«Però nonna ha detto che sei un meccanico di elicotteri.»

Lui annuì. Non gli piaceva molto parlare di sé, ma a quella donna avrebbe detto tutto ciò che voleva sapere. «Sì. Quando ero al liceo, aiutavo mio padre ad aggiustare le auto e mi è sembrata una progressione naturale quando sono entrato in Marina. Non mi piaceva la vita militare, ma amavo armeggiare con i motori. Quindi, ora posso fare ciò che amo senza dover fare i conti con norme e regolamenti a cui è costretto un marinaio.»

«È fantastico.»

«Anche questi» le disse, indicando i conchiglioni ripieni che stava mangiando. «Sul serio, non ho mai assaggiato niente di così buono.»

«Grazie» replicò timidamente.

«Hai sempre voluto fare la cuoca?»

«La cuoca, no, ma la fornaia, sì» rispose.

«C'è differenza?» le domandò.

Lei ridacchiò. «Sì. Le differenze risiedono nel tipo di cose che si fanno. I fornai producono principalmente pane, biscotti, torte, pasticcini e altri prodotti da forno. Gli chef non si concentrano su un solo tipo di cibo, ma preparano diversi tipi di pasti.»

Rocket abbassò lo sguardo sul suo piatto vuoto e poi tornò a guardarla. «A me sembra che tu sia entrambi.»

Lei stava ancora sorridendo. «Be', mi piace cucinare, ma *amo* preparare qualsiasi prodotto da forno.»

«Allora non vedo l'ora di assaggiare quei biscotti e la torta Butterfinger» dichiarò.

Un'ora più tardi, dopo aver mangiato quattro biscotti e due porzioni della torta più incredibile che avesse mai gustato, Rocket era seduto con Jayme nel soggiorno di Winnie. Aveva in mano una tazza di tè e gli aveva preparato anche una brocca di caffè. Era sazio, ed estremamente contento di essere lì a chiacchierare con una delle donne più interessanti che avesse incontrato da molto tempo.

«Allora, non mi hai detto cosa ti ha portato in Texas» iniziò, alla disperata ricerca di saperne di più su di lei.

Scrollò le spalle e guardò nella sua tazza da tè. «Non è una storia molto interessante.»

«Per me sì.»

«Perché?»

Infatti, perché? Si sporse lentamente in avanti e posò la tazza sul tavolo di fronte a sé e aspettò che Jayme alzasse gli occhi. Quando finalmente incontrò il suo sguardo, le disse: «Stasera sono venuto qui con l'intenzione di mangiare un buon pasto con Winnie, aspettandomi di tornare a casa mia e passare il resto della serata da solo. Proprio come ogni altra serata della mia vita. Mi alzo, vado al lavoro, vado a casa, guardo la TV, dormo... e poi ricomincio da capo il giorno dopo. Non ho molti amici e le persone in genere diffidano di me a causa delle mie dimensioni.

Avevi tutto il diritto di essere arrabbiata con Winnie per averci incastrati; avresti potuto dirmi che non ti sentivi a tuo agio a stare da sola con me, invece mi hai offerto il miglior pasto che abbia fatto da anni e non mi hai trattato come se potessi essere pericoloso o violento solo a causa del mio fisico. Sei anche bellissima... e non riesco a capire perché non sei ancora sposata e con una casa piena di bambini. Gli uomini della tua vita devono essere tutti dei completi idioti.

Voglio sapere di più, Jayme. Non so perché sono così attratto da te, forse in parte è perché hai avuto pietà di uno scapolo affamato, ma è così. Probabilmente ora penserai che io sia un po' inquietante, e mi dispiace, ma se me ne andassi senza farti sapere che ho passato una serata meravigliosa, che mi piacerebbe rivederti e portarti fuori a cena, non me lo perdonerei mai. Quindi... sì, tutto di te è interessante per me. Incluso come sei finita qui.»

Nel momento in cui smise di parlare e lei rimase in silenzio, Rocket avrebbe voluto prendersi a calci.

Era un idiota. Non se l'era mai cavata bene nelle situazioni sociali e quello era il motivo. Tendeva a dire ciò che pensava, anche se lo faceva sembrare strano.

Continuando a rimproverarsi, trattenne il respiro aspettando la risposta di Jayme.

CAPITOLO TRE

Jayme fissò l'uomo seduto sulla poltrona su cui un tempo si accomodava sempre suo nonno, proteso in avanti, con i gomiti appoggiati sulle ginocchia, gli occhi fissi su di lei.

Odiava sapere che le persone lo trattavano male solo a causa delle sue dimensioni. Stranamente, non era stata affatto diffidente nei suoi confronti. Anche se era una trentina di centimetri più alto e pesava almeno quarantacinque chili più di lei. Forse perché la nonna si fidava e lui la guardava con rispetto.

«Mi dispiace di averti messa a disagio. Me ne vado» disse Rocket dopo che era rimasta in silenzio troppo a lungo. Fece per alzarsi.

La mano di Jayme schizzò fuori prima che potesse pensare a ciò che stava facendo. Lo toccò appena sopra il ginocchio e lui si bloccò in una posizione quasi comica: mezzo in piedi e mezzo seduto.

«Rimani» lo pregò.

Si abbassò lentamente sulla poltrona e Jayme sentì i suoi muscoli contrarsi sotto il palmo a quel movimento. Si leccò le labbra, con riluttanza tolse la mano e prese di nuovo la tazza del tè.

Era passato molto tempo dall'ultima volta che un uomo l'aveva incuriosita quanto Rocket. Non assomigliava per niente a quelli con cui era uscita in passato. Non era altrettanto raffinato. Era più... selvaggio. Più ruvido. Ma le piaceva così.

Deglutendo a fatica, gli disse: «Sono stata un'idiota. Ecco perché sono qui.»

«Non ci credo nemmeno per un secondo» replicò lui senza esitazione.

«Grazie, ma è vero. Ho lavorato in una piccola panetteria a Seattle per dieci anni. La proprietaria, Claire, era una donna anziana che mi ricordava molto la nonna. Quando ho iniziato a lavorare alla Gingerbread House, lei è stata la mia mentore. Mi ha insegnato molte cose riguardo al possedere un'attività. Ci mettevamo al lavoro alle quattro e mezzo del mattino e passavamo il tempo cucinando e ridendo prima di aprire le porte del negozio. Mi conosceva meglio di chiunque altro. Per me è stata come una seconda madre.»

Si fermò e bevve un sorso di tè, desiderando non sentirsi sull'orlo delle lacrime. Avrebbe dovuto essere arrabbiata per quello che era successo, invece aveva il cuore spezzato.

Rocket non la spinse a continuare. Non le mise fretta. Quando Jayme lo guardò, vide che i suoi occhi erano concentrati su di lei. Non era irrequieto né sembrava annoiato. Era una sensazione inebriante essere al centro dell'attenzione di quell'uomo.

«Comunque, nel corso degli anni, le cose hanno cominciato lentamente a cambiare. Claire non veniva più al lavoro presto ma solo dopo che eravamo aperti da circa un'ora. Dovevo occuparmi io di un numero sempre maggiore di compiti quotidiani. Ma mi andava bene, perché ero convinta che un giorno il negozio sarebbe stato mio. Io e Claire ne avevamo parlato e mi aveva detto che quando sarebbe stata pronta per andare in pensione, me lo avrebbe venduto.»

Smise di parlare di nuovo, ma questa volta perché le si era chiusa la gola. Pensare a ciò che era successo era doloroso esattamente come tre mesi prima... il giorno in cui Claire aveva detto che aveva bisogno di parlarle.

Jayme sentì il cuscino accanto a lei affondare e si ritrovò Rocket seduto accanto. Le tolse la tazza e la posò sul tavolino. Poi le prese entrambe le mani e le tenne tra le sue.

Poteva sentire il suo profumo agrumato e aveva la sensazione che non avrebbe mai più sentito l'odore dei limoni senza pensare a lui. «Sto bene» sussurrò.

«Prenditi il tuo tempo» le disse con gentilezza.

Le ci volle ancora qualche istante prima di poter parlare di nuovo. «Facevo la maggior parte del lavoro. Ero responsabile di tutti i dipendenti, ordinavo le provviste, mi assicuravo che tutto fosse cotto e pronto al mattino. Quindi, quando Claire ha chiesto di parlarmi, ero sicura che mi avrebbe detto che si sarebbe ritirata e che voleva discutere i termini per vendere. Invece, mi ha informata che sarebbe subentrato suo nipote. Che gli avrebbe venduto la Gingerbread House.

Sono rimasta così scioccata. Che io sapessi, in tutto il tempo in cui avevo lavorato lì, suo nipote era venuto nella panetteria solo poche volte. Si è scusata e mi ha detto che sperava che rimanessi come manager. Voleva che insegnassi a suo nipote le basi.

Mi ha ferito tantissimo. Ho messo dieci anni di sangue, sudore e lacrime in quella panetteria, solo per vedermi strappare via le speranze e i sogni. Tuttavia, non volevo deludere Claire così ci ho provato. Ci ho provato davvero. Ma suo nipote è un idiota. Non gli importa del negozio o dei clienti fedeli, gli interessano solo i soldi. Ha licenziato alcune persone e ha stretto la cinghia su un sacco di cose; i prodotti di pasticceria ormai collaudati che vendevamo da moltissimi anni, non avevano più lo stesso sapore perché ci aveva costretti a usare ingredienti scadenti. Non ce la facevo più e alla fine mi sono licenziata.

Non potevo sopportare di rimanere a Seattle, così ho chiesto a nonna se potevo stare con lei per un po', finché non avessi capito cosa volevo fare della mia vita.»

«Mi dispiace» le disse.

Apprezzò la compassione sincera. «Anche a me.»

«Non è per farmi gli affari tuoi, ma dato che ho apprezzato i tuoi talenti culinari in prima persona... perché non apri una tua panetteria?»

Lo studiò. Era fin troppo consapevole che lui non le avesse lasciato le mani, e non aveva fretta che succedesse. «Ci ho pensato, ma c'è un sacco di lavoro da fare.»

«E non era così quando gestivi la Gingerbread House? Mi sembra che le cose migliori nella vita siano quelle più difficili da ottenere. Hai detto che la portavi avanti praticamente da sola. Ti occupavi del personale, ordinavi le forniture, cucinavi anche i prodotti... sai già quanto sia difficile il lavoro e cosa comporta.»

Si morse il labbro. Era vero. Aveva messo il cuore

e l'anima in quella panetteria di Seattle e quando le era stata tolta, aveva pianto e sofferto. Ma erano passati mesi ormai, ed era ufficialmente annoiata. Amava la nonna, ma aveva bisogno di fare qualcosa.

«Mi dispiace, sono sicuro che hai già pensato ai pro e ai contro» disse Rocket, allentando la mano.

Jayme strinse le dita intorno alle sue, rifiutandosi di lasciarlo andare. «Penso di essere solo spaventata. E se dovessi fallire?»

«Allora troverai qualcos'altro da fare» rispose, semplicemente e senza giudicare. «Ma per la cronaca, se dobbiamo basarci sui dessert di stasera, non fallirai. In effetti, penso che se riuscissi a trovare un posto proprio qui a Killeen, avrai un successo che va oltre la tua più sfrenata immaginazione. Ci sono un sacco di uomini come me, single e terribilmente golosi, a cui piacerebbe poter avere delle prelibatezze fatte in casa ogni volta che vogliono. E non solo uomini, ovviamente; sono sicuro che anche le donne farebbero i salti mortali per alcune delizie genuine.»

Apprezzò il suo incoraggiamento. «Ho anche delle fantastiche ricette a basso contenuto calorico.»

Rocket sorrise, poi si fece serio. «Mi dispiace che tu sia rimasta delusa dalla tua amica. Non conosco questa Claire, ma sono sicuro che si stia pentendo di ciò che ha fatto. Probabilmente suo nipote ha già fatto fallire la sua preziosa panetteria. Ma non lasciare che le sue azioni rovinino il *tuo* sogno. Nonostante ti senta ancora ferita per il suo comportamento, puoi esserle grata per averti dato l'opportunità di imparare ciò di cui avevi bisogno per gestire una tua attività.»

Era vero. Provava ancora sentimenti contrastanti verso ciò che era successo. Voleva bene a Claire, ma l'aveva fatta davvero soffrire. «Grazie» disse con dolcezza.

«Però, avrai bisogno di un nome eccezionale per la tua panetteria. Che ne dici di Pie in the Sky?»

Jayme sorrise e arricciò il naso.

«No? E Holy Cannoli?»

Scoppiò a ridere. «Ehm, no.»

«Giusto, troppo banale. Deve essere qualcosa che abbracci più che solo le torte, i biscotti o il pane, quindi non dev'esserci nessuna di quelle parole nel nome. Non vogliamo che la gente pensi che tu faccia solo quello, ma non deve essere troppo esteso tanto che nessuno capisca quale sia di preciso l'attività.»

«Sembra che tu sappia molto su questo genere di cose» osservò Jayme.

Rocket scrollò le spalle. «Ho un master in economia. Ho frequentato un corso di marketing.»

«Ah sì? Veramente?»

«Lo so, un meccanico che ha un master è sorprendente» replicò con ironia.

«No, non è quello» ribatté subito, non volendo che

pensasse che lo stesse insultando. «È che... la maggior parte delle persone non capisce queste cose. Quando ho provato a parlarne con nonna, non ha proprio capito quanto lavoro serva quando sei proprietario di un'attività. È in buona fede, ma pensa basti cucinare un mucchio di biscotti che verranno venduti senza alcuno sforzo.»

«Non è per niente facile» confermò Rocket. «Avrei avviato la mia attività in proprio, ma la riparazione degli elicotteri non è esattamente molto richiesta dalla popolazione comune.»

Jayme ridacchiò. «Giusto, finché non avremo tutti degli elicotteri nei garage, posso capire perché lavorare a contratto sia la cosa migliore per te.»

Lui ricambiò il sorriso. «Quali nomi hai pensato per la tua panetteria? E non dirmi che non l'hai fatto, perché non ti crederò.»

Come faceva quell'uomo a conoscerla così bene dopo solo poche ore? «Prometti di non ridere?» gli chiese.

«Non riderei mai di te» rispose serio.

Gli credeva. Era pazzesco, ma qualcosa in lui le faceva desiderare di credere che il suo sogno potesse avverarsi. «Confection Connection?»

Rocket arricciò il naso.

«Già, non era la mia prima scelta» concordò. «Che ne dici di Dream Puffs? O The Baker's Table?»

«Meglio, ma non sono sicuro che si addicano a *te*.»

«Warm Delights?» propose Jayme trattenendo il respiro. Quello era stato il suo preferito tra tutti i nomi che aveva inventato.

«Warm Delights... mi piace. Fa pensare a qualsiasi tipo di prelibatezze, non solo biscotti o torte. E se mai volessi espanderti e fare qualcosa di più dei dessert, potresti vendere pasticci, sformati, cose del genere.»

Jayme sorrise. «È quello che ho pensato anch'io. Rocket...?»

«Sì?»

«Non ho paura di te.» Mentre sul suo viso spuntava un'espressione sorpresa, si lasciò sfuggire altre parole. Stava pensando a ciò che le aveva detto prima e voleva – no, *aveva bisogno* – che lui sapesse che credeva non le avrebbe mai fatto del male. «La maggior parte degli uomini con cui sono uscita non ha capito che cucinare mi calma. Che stare in cucina è ciò che mi riempie l'anima. Non hanno capito che preferisco passare una serata a cucinare piuttosto che andare a un concerto o al cinema. Ero una ragazzina fastidiosa; vedrai che mia nonna ti racconterà tante storie riguardo al fatto che non smettevo di tormentare lei o mia madre per farmi mostrare come usare qualche nuovo utensile da cucina, o che odiavo giocare fuori perché preferivo stare dentro con loro a fare dolci o cucinare altre cose. Quindi ora sai qual è il mio sogno: possedere la mia panetteria... e non penso che tu sia inquietante.»

Jayme stava quasi ansimando quando finì il suo discorsetto, ma lo aveva buttato fuori in fretta per paura di ripensarci. Era più contenta di passare inosservata e non attirare l'attenzione su di sé, quindi dire a Rocket quello che pensava davvero era stato difficile... ma il sorriso sul suo viso valeva tutta l'ansia accumulata prima di riuscire finalmente a condividere i suoi pensieri.

«Bene. Posso chiederti se ti va di uscire con me una volta?»

«Mi piacerebbe» rispose timidamente Jayme. «Non ho ancora visto molto di Killeen.»

Lui sorrise. «Sarei onorato di mostrarti la città.»

«Grande.»

«Grande» ripeté lui.

Poi la sorprese spostandosi un po' in là sul divano, senza però lasciarle andare la mano. «Potrei andarmene adesso, ma ciò priverebbe Winnie della soddisfazione di sapere quanto siamo andati d'accordo... e che il suo piccolo piano ha avuto successo.»

Jayme rise. «Infatti! Anche se probabilmente meriterebbe di restare delusa e di pensare che non abbia funzionato.»

«Ti importa davvero?» le chiese.

Le importava? No. Amava sua nonna, e anche se era un po' imbarazzante che cercasse di sistemarla, se le cose fossero andate bene tra lei e Rocket, non avrebbe proprio potuto arrabbiarsi. «No» gli rispose.

«Nemmeno a me. Winnie non ha la TV via cavo, vero?» chiese scettico.

«Sì che ce l'ha. E non solo quella, ma anche Netflix, Hulu, Amazon Prime e Apple TV.»

Spalancò gli occhi. «Sul serio?»

«Sì. Dice che ha bisogno di stare al passo con ciò che è alla moda nel mondo.»

«Tua nonna è troppo avanti, più di me di sicuro.»

«Anche di me» concordò lei mentre prendeva il telecomando e accendeva il televisore.

Non aveva idea di quanto tempo avessero passato a guardare una serie reality britannica su un'unità di soccorso in elicottero, ma Jayme si rese conto di essersi addormentata quando sentì delle voci intorno a lei.

Aprì gli occhi e notò che Rocket aveva spento le luci... e che si era quasi rannicchiata sulle sue ginocchia usando la sua spalla come cuscino, mentre lui le aveva circondato la vita con il braccio. L'aveva coperta e si sentiva al caldo e al sicuro tra le sue braccia.

Lui si spostò e Jayme si sentì abbassare sui cuscini. «Ti chiamo domani» le sussurrò.

Annuì. Faceva fatica a tenere gli occhi aperti.

«Torna a dormire» le disse. «Mi arrangio a uscire.»

«Rocket?»

«Sì?»

«Mi sono divertita stasera.»

«Anch'io.»

Sentì le sue labbra calde contro la fronte e poi dei passi allontanarsi. Percepì una conversazione sommessa, probabilmente Rocket che salutava nonna e subito dopo la sentì entrare nella stanza. Sapendo di doversi alzare per andare in camera, si mise a sedere lentamente, tenendo sulle spalle la coperta che profumava di lui.

«Sembra che ti sia divertita stasera» disse la nonna con un sorrisetto malizioso.

«Sì. Com'è andato il bingo?»

«Una rottura. Odio quello stupido gioco.»

«Allora perché continui ad andarci?»

«Perché sì. Prima o poi vincerò, lo so e basta.»

Jayme poté solo scuotere la testa esasperata.

«Allora, Rocket ti chiamerà domani?»

«Hai mai sentito parlare di privacy?»

«No. Presumo che vi siate piaciuti?»

«Sì, nonna, ci piacciamo.»

«Lo sapevo!» esclamò lei.

«Sì, be', non è che ci sposeremo, quindi frena l'entusiasmo.»

Winnie gettò indietro la testa e rise. *Per ora.*

Voglio darti in sposa.»

Alzò gli occhi al cielo. «È una tradizione così arcaica.»

«Non importa. Tuo padre non ha avuto niente a che fare con il tuo incontro con Rocket. È stato merito mio quindi, voglio essere io a darti a lui in sposa.»

«Va bene. Se ci sposeremo, mi accompagnerai tu all'altare. Contenta?»

«Immensamente. Ma non puoi aspettare troppo a lungo. Non sono più tanto giovane» scherzò.

Da che Jayme ricordava, lo diceva sempre per cercare di ottenere ciò che voleva. «Non abbiamo nemmeno avuto un vero appuntamento. Alla fine potremmo scoprire che non andiamo d'accordo»

«Sciocchezze. Quando sono tornata mi sembrava che voi due andaste molto d'accordo.»

Si sentì arrossire.

«Gli sono piaciuti i conchiglioni ripieni alla parmigiana?»

«Sì.»

«E i biscotti, il pane e la torta Butterfinger?»

«Sì.»

«Ecco. Siamo a posto. Non c'è modo migliore per arrivare al cuore di un uomo, che attraverso il suo stomaco. Rocket non cucina per sé, quindi tutto ciò che devi fare è dargli da mangiare e lo intrappolerai.»

«Non voglio intrappolarlo. Voglio piacere a un uomo per quello che sono, non perché posso dargli da mangiare.»

«E ciò che sei è una fornaia» disse con dolcezza sua nonna. «Dal momento in cui hai tenuto per la prima volta una spatola in mano, non ti è interessato nient'altro. Trovare un uomo che apprezzi questo di te è una benedizione. Mi hai detto tu stessa quanti non l'hanno capito. Ho avuto una sensazione la prima volta che l'ho incontrato. È solo. Non è un uomo a cui piace andare in giro per la città o a feste. Ha una casa sua, te l'ha detto?»

«No.»

«Già. L'ha comprata un po' di tempo fa perché voleva vivere in un posto tranquillo. Non voleva stare in un appartamento e doversi preoccupare che qualcun altro incendiasse il condominio perché aveva lasciato una candela accesa. Ha ristrutturato anche i bagni e la cucina in modo raffinato, nella speranza di trovare una donna a cui non dispiacesse passare le notti rintanata con lui.»

«È scortese parlare alle spalle di qualcuno» protestò Jayme.

«Ok. Sto solo dicendo che quando ho conosciuto quell'uomo, non ho potuto fare a meno di pensare che voi due sareste stati bene insieme, come il burro di arachidi e la marmellata. E il mio istinto aveva ragione. Dagli una possibilità, amore.»

«Mi ha chiesto di uscire con lui» le disse.

Winnie era raggiante. «Bene. Faresti meglio ad andare a letto e farti un bel sonno di bellezza.»

Jayme resistette all'impulso di alzare gli occhi al cielo. «Sì, signora.» Si alzò tenendo la coperta sulle spalle, e arrivata a metà scala la sentì pronunciare il suo nome. Voltandosi, la guardò.

«Ti voglio bene, bambina. Rocket è un brav'uomo. Dagli una possibilità.»

«Lo farò» disse con dolcezza.

La nonna annuì e lei continuò a salire le scale. A letto, rimase sveglia a lungo a fissare il soffitto. Era un po' strano che fosse stata sua nonna a combinare l'incontro, ma non poteva negare che fosse scoccata la scintilla.

Non aveva idea di come sarebbero proseguite le cose tra loro, ma stava aspettando l'indomani con trepidazione per poter parlare con lui. Ed era felice di aver deciso di venire in Texas per riflettere sulla sua vita. Non aveva programmato di trovarsi un uomo, ma ora che aveva incontrato Rocket, non era così interessata a trasferirsi da qualche altra parte.

Non provava così tanta eccitazione per una relazione da molto tempo e Jayme era impaziente di vedere cosa le avrebbe riservato il futuro.

CAPITOLO QUATTRO

ROCKET FECE un profondo respiro e cercò di calmare il suo cuore mentre guidava verso la casa di Winnie per andare a prendere Jayme e uscire per un altro appuntamento. Nelle ultime due settimane le aveva parlato ogni giorno e si erano visti tre volte. Avrebbe preferito vederla di più, ma le giornate erano state frenetiche a causa degli eventi in corso oltreoceano, e aveva dovuto lavorare per lunghe ore sugli elicotteri alla base dell'esercito per mantenerli in perfette condizioni.

Ma quel giorno, con il pomeriggio libero, aveva pianificato qualcosa di piuttosto esagerato per il loro appuntamento. Non era sicuro di come avrebbe reagito Jayme, quindi stava tentando la fortuna.

L'aveva portata fuori a mangiare una volta e la loro conversazione era sembrata un po' innaturale. Si era

divertito ma non veramente rilassato. E ne era dispiaciuto perché lei gli piaceva davvero molto. Voleva
vedere dove sarebbero potute andare le cose tra loro
e non voleva far casini. Lei era bella, pratica e apprezzava quanto fosse affezionata a Winnie. Rocket non
aveva un rapporto stretto con la sua famiglia, più per
colpa sua che per qualcosa che avevano fatto i suoi
genitori, era stato solo impegnato con la sua vita e
quasi senza accorgersene, non vedeva sua madre o suo
padre da anni.

L'appuntamento successivo, erano andati in giro in
macchina per Killeen. Quella volta era stato un po'
meno teso e le cose tra loro erano sembrate più rilas-
sate, più simili a quando aveva cenato con lei da
Winnie. Al terzo appuntamento, l'aveva portata alla
base dell'esercito per farle fare un tour del posto dove
lavorava, presentandola anche ai suoi colleghi.

Aveva adorato la sua semplicità e come aveva riso
e scherzato con i suoi amici, senza temere di stringere
loro le mani unte o del fatto che molti di loro fossero
un po' burberi.

Più Rocket conosceva Jayme, più gli piaceva.

Entrò nel vialetto di Winnie e scese dalla sua
vecchia Chevy Blazer. L'auto poteva avere i suoi buoni
anni, ma funzionava perfettamente grazie alle sue
capacità meccaniche. Salutò con un cenno del mento
Brain, il vicino che stava lavando l'auto della sua

fidanzata. Lui e Aspen si erano presentati un giorno in cui era andato a trovare Winnie, e Rocket doveva ammettere che si sentiva meglio a sapere che i suoi vicini la tenevano d'occhio.

Lei poteva anche pensare di essere perfettamente in grado di badare a se stessa, ma a novantun anni era vulnerabile. Aspen di recente aveva anche detto di essere felice che Jayme si fosse trasferita, così c'era qualcun altro che aiutava a tenere d'occhio quella vivace vecchietta.

Fece una corsetta fino alla porta e sollevò la mano per bussare, ma si aprì prima che potesse farlo.

«Ehi» lo salutò Jayme, sorridendogli.

E all'improvviso, la sua giornata fu più luminosa.

«Ciao» rispose, chinandosi senza pensarci; le mise una mano sul braccio e le sfiorò la guancia con le labbra.

Lei arrossì, ma il suo sorriso non svanì.

«Sei pronta?» le chiese.

«Sì. Nonna è andata via circa mezz'ora fa per pranzare con una delle sue amiche. È venuto a prenderla il pulmino del centro anziani.»

«Penso che sia fantastico che esca ancora così tanto.»

Alzò gli occhi al cielo. «Se non lo facesse, sarebbe una gran rompiscatole. Ha bisogno dei suoi momenti per i pettegolezzi. Aspetta, fammi prendere la borsa.»

Rientrò in casa e lui aspettò pazientemente davanti alla porta. Due settimane prima, nel suo giorno libero avrebbe fatto dei lavori in giardino o in garage, armeggiando sulla vecchia Harley che aveva preso da un po'.

Jayme tornò in meno di un minuto e quando si voltò per chiudere la porta d'ingresso, Rocket non poté fare a meno di andare con lo sguardo sul suo sedere. Aveva uno dei culi più belli che avesse mai visto, e dovette fare uno sforzo per non allungare la mano e toccarlo.

Si voltò di nuovo e lo sorprese a fissarlo, ma invece di arrabbiarsi, si limitò a ridacchiare. «Sei proprio un uomo» disse.

Rocket scrollò le spalle. «Colpevole.»

Le sue guance erano lievemente arrossate e ciò gliela fece desiderare ancora di più. Sapeva che aveva trentadue anni, ma a volte gli ricordava un'adolescente inesperta. Gli piaceva che non fosse cinica e che non ostentasse la sua sensualità. Non ne aveva bisogno. Doveva solo sorridergli e lui sarebbe stato come creta nelle sue mani.

«Ora che stiamo per partire, mi dici finalmente cosa faremo oggi?» gli chiese.

«No. Non ancora» rispose, divertito dal fatto che fosse così facile da stuzzicare.

«Ok, ma dovresti sapere che c'è una cheesecake

appena fatta sul bancone di Winnie... e sto ancora decidendo se te la farò mangiare.»

«Oh, sei crudele» ribatté, mettendosi una mano sul petto mentre con l'altra apriva la portiera del passeggero del suo pick-up.

Lei ridacchiò. «No, sei tu quello crudele. Mi sto scervellando cercando di capire il perché di tutta questa segretezza e dove potresti portarmi.»

«Pensavo che i fornai dovessero essere pazienti» disse, mentre lei si sistemava sul sedile.

«Non io.»

Rocket non riuscì a trattenersi, portò una mano sui suoi capelli e li lisciò all'indietro. Li aveva lasciati sciolti, cosa che lui adorava, e le folte ciocche si arricciavano intorno alle spalle, attirando i suoi occhi sul seno. Indossava una maglietta con lo scollo a V che mostrava solo un accenno di décolleté. I jeans sembravano plasmati sulle sue gambe accarezzandone le curve.

Gli venne letteralmente l'acquolina in bocca per la voglia di esplorarla, di toglierle la maglietta e adorarla. «Abbi ancora un po' di pazienza, mia curiosa fornaia, e vedrai di persona ciò che ho pianificato. Ma sappi che se non dovesse piacerti, i piani possono essere tranquillamente cambiati.»

Inclinando la testa, Jayme lo studiò. «Sei nervoso» dichiarò.

Rocket scrollò le spalle. «Sì.»

«Perché?»

«Perché voglio che ti diverta e voglio impressionarti. L'ultima cosa che vorrei fare è spaventarti.» sospirò. «E sono nervoso perché mi piaci, Jayme. Non voglio combinare nulla che potrebbe portarti a ripensarci e a non uscire più con me.»

Lo fissò per un lungo momento prima di dire: «Non hai nulla di cui preoccuparti, Rocket. Sono io quella disoccupata. Che vive della generosità di sua nonna. Tu sei... *tu*» fece un gesto con la mano per indicarlo «e io sono io.» Scrollò le spalle. «Chiunque ci veda insieme probabilmente si starà chiedendo cosa diavolo ci stai facendo con me.»

«Sbagliato» ribatté subito. «Probabilmente saranno gelosi da morire che ci sia io con te e non loro. Allacciati la cintura.» Fece un passo indietro prima di fare qualcosa di stupido, come baciarla fino allo sfinimento. Odiava che si sentisse insicura. Se c'era qualcuno in quella relazione ancora nuova che doveva essere insicuro, era lui. Sapeva, senza ombra di dubbio, di aver vinto la lotteria con lei e avrebbe fatto tutto il necessario per assicurarsi che non si chiedesse mai se avrebbe potuto trovare di meglio.

Si affrettò a girare intorno all'auto e si mise al volante. Dopo essere uscito dal vialetto, la guardò. Lei lo stava fissando sorridendo. «Che c'è?» le chiese.

«Niente. Sono solo felice. Non ho idea di dove stiamo andando o cosa stiamo facendo, ma stare con te è rilassante. Non devo preoccuparmi di perdermi da qualche parte o di venire molestata, e nemmeno di cosa dire.»

Senza pensarci, Rocket le prese la mano, sospirando di sollievo quando lei non esitò ad avvolgere le dita intorno alle sue. «Non devi mai preoccuparti di queste cose quando sei con me. Sarai *sempre* al sicuro quando ci sono io.»

«Lo so» disse con dolcezza. «Grazie.»

Lui le strinse la mano in risposta.

Nel giro di dieci minuti stavano attraversando i cancelli di Fort Hood e dirigendosi verso l'hangar dove lavorava.

«Ti sei dimenticato di mostrarmi qualcosa quando siamo stati qui l'ultima volta?» gli chiese.

Era contento che non avesse indovinato i suoi piani. «Non esattamente» rispose. Parcheggiò il pickup, scesero e le prese di nuovo la mano mentre la conduceva verso un elicottero in attesa sulla pista di atterraggio. Si fermò a poca distanza dal mezzo e si voltò verso di lei. «Ho pensato di portarti a fare un giro in elicottero oggi.»

Jayme spalancò gli occhi. «Sul serio?»

«Sì. Uno dei piloti deve fare un giro di prova; non preoccuparti, ho ricevuto tutte le approvazioni necessarie per farti salire ed è completamente sicuro, te lo garantisco. Deve solo testare alcune delle correzioni che abbiamo fatto sul motore. Non ti porterei se non fossi certo che è affidabile al cento per cento.»

«E ci hai lavorato tu?»

«Sì.»

«Allora so che è sicuro» ribatté tranquilla.

L'immediata fiducia nelle sue capacità lo fece sentire alto tre metri. «Non dobbiamo farlo se sei nervosa o spaventata. Ho solo pensato che potesse essere un modo divertente per farti vedere qualcosa di più della città. E nel contempo ti fai un giro gratis in elicottero.»

«Non ci sono mai stata» gli disse, osservando il velivolo. «Sono nervosa, ma anche eccitata.» Tornò a guardare lui. «Grazie. È incredibile.»

Rocket si rilassò un po'. «Quindi ti va bene?»

«Più che bene. E sai quella cheesecake che ho usato prima per minacciarti?»

«Sì?»

«È tutta tua. E ci metto anche i biscotti con gocce di cioccolato doppie e la pagnotta di banana bread al cioccolato che ho preparato per nonna.»

Rocket ridacchiò. «Fantastico. Anche se sai che non devi continuare a cucinare per me. Mi piaci senza regali in cambio.»

«Ma voglio farlo. Tendo a preparare più cose

quando sono felice e lo sono stata molto nelle ultime due settimane.»

«Bene.» Avrebbe voluto baciarla. Baciarla *davvero*. Ma sapeva anche che i piloti stavano guardando e l'ultima cosa che voleva era metterla in imbarazzo. Però era estremamente difficile non fare altro che sorriderle. «Dai, non vedo l'ora di vedere cosa ne pensi del tuo primo giro in elicottero.»

———

Jayme non riusciva a smettere di sorridere. Non poteva credere che Rocket l'avesse portata a fare un incredibile giro in elicottero! Quando l'aveva aiutata a sistemarsi e ad allacciare la cintura di sicurezza, sfiorandole i fianchi con le mani, solo quel movimento le aveva fatto stringere le cosce.

Desiderava tantissimo quell'uomo. Non era mai stata una persona che aveva *bisogno* del sesso; aveva sempre pensato di avere un appetito sessuale piuttosto basso. Ma dopo aver incontrato Rocket, non pensava ad altro.

Era enorme... e presumeva che ciò significasse che fosse così dappertutto. Se le vecchie leggende sulle dimensioni delle mani e dei piedi di un uomo come indicatore di quelle del suo cazzo erano vere, Jayme aveva la sensazione che avrebbe avuto difficoltà a prenderlo. Ma, ragazzi se voleva provare.

Poi le aveva messo con attenzione le cuffie e regolato il microfono in modo che fosse posizionato davanti alle labbra, e lei si era obbligata a pensare a qualcosa che non fosse attirarlo a sé e baciarlo.

Per fortuna il pilota gli aveva chiesto qualcosa e lui si era voltato per rispondere, quindi aveva evitato di fare qualcosa di veramente imbarazzante.

Rocket era uno degli uomini più straordinari che avesse mai incontrato. Si era laureato online semplicemente perché era annoiato. Aveva ricostruito diverse auto e moto quasi da zero, solo per divertimento. Poi c'era il fatto di quanto fosse gentile con nonna. Sembrava anche che tutti quelli che Jayme incontrava non avessero altro che il massimo rispetto per lui.

Era stata un po' nervosa quando l'elicottero era decollato, e probabilmente aveva lasciato i segni delle unghie nella mano di Rocket, ma si era rilassata quasi subito, abbastanza da godersi davvero il volo. Lui si era alternato tra parlare con i piloti su alcuni aspetti tecnici e con lei per indicarle punti di riferimento. Sorvolando Fort Hood aveva potuto vedere esattamente quanto fosse grande la base. Aveva riso quando erano passati sopra la statale 35 e lui le aveva indicato il posto migliore per aprire la sua panetteria... vicino a uno dei cancelli della base, ma comunque abbastanza lontano perché le persone non collegate all'esercito potessero sentirsi a proprio agio a comprare lì.

La stupiva il suo fiuto per gli affari e la sua eccitazione per un'attività che al momento non era altro che un sogno.

Durante il volo le aveva tenuto sempre la mano, chinandosi e premendo il corpo contro il suo per indicarle i punti interessanti. Il suo profumo agrumato l'aveva fatta impazzire, e aveva dovuto farsi violenza per non voltarsi e saltargli addosso. Il giro era durato probabilmente solo una ventina di minuti, ma la consapevolezza di averlo così vicino le aveva dato l'impressione che fossero rimasti in aria molto più a lungo.

Stava ancora sorridendo mentre uscivano dalla base.

«Ti è piaciuto?» le chiese.

«Ovvio. È stato stupefacente! Eccitante! Incredibile! Qualcosa che non avrei mai pensato di fare in vita mia.»

«Bene.»

«E adesso? Tra l'altro non so se riuscirai mai a batterlo.»

Rocket arricciò il naso in modo adorabile. «È vero. Merda. Forse non avrei dovuto usare il pezzo forte così presto nella nostra relazione.»

Adorava che avesse detto chiaramente che avevano una relazione. «Penso che tu abbia fatto bene» gli disse.

«Comunque, ho pensato di mostrarti casa mia. Cioè... se vuoi. Se preferisci, posso riportarti da Winnie.»

Jayme si raddrizzò sul sedile. «Mi piacerebbe vedere casa tua. Ne hai parlato abbastanza da farmi incuriosire.»

«Non è niente di speciale.»

«Sbagliato» ribatté subito. «È casa tua e la ami. Questo la rende molto speciale.»

Le rivolse un piccolo sorriso.

«Dimmi di più.»

«È una vecchia fattoria su più di un ettaro di terreno. Aveva bisogno di molto lavoro quando l'ho comprata, ma la prima volta che l'ho vista me ne sono innamorato. Ha un portico tutto intorno che ho dovuto ricostruire da zero perché le assi erano tutte marce. È a due piani e ha quattro camere da letto. Penso di averti detto che ho rifatto la cucina e i bagni, quindi sono totalmente moderni, ma ho mantenuto alcuni dei tocchi antichi qua e là. Ho usato legno di recupero dove ho potuto e ho una bellissima porta in stile fienile che separa la biblioteca dal salone. Ho fatto del mio meglio per renderlo il più possibile un open space, ma dal momento che è una casa vecchia, è stato più difficile perché c'erano molte travi portanti che non potevo eliminare.» Si fermò e le rivolse uno sguardo imbarazzato. «Troppo?»

«No, continua» lo incoraggiò, amando il suo entusiasmo per la casa.

«Avrei voluto un seminterrato, perché questo è il Texas e i tornado capitano, ma non è stato possibile, così ho costruito una cantina.»

«Come ne *Il mago di Oz*?» chiese Jayme eccitata.

Rocket ridacchiò. «Sì, immagino di sì.»

«Che bello!»

«Be', se dovessi entrarci perché si sta abbattendo un tornado nella città, probabilmente non penseresti che sarebbe bello» replicò lui in modo ironico.

«Probabilmente mi piacerebbe ancora di più.»

«Sto ancora lavorando al giardino. Ho cercato di ridurre al minimo le piante e gli alberi che hanno bisogno di molta acqua, perché non è rispettoso dell'ambiente, così ho messo molta ghiaia e arbusti resistenti, ma ho ancora una sezione del cortile con gli alberi originali. Fanno molta ombra e ho messo un'amaca. Una delle cose che preferisco fare è sdraiarmi ad ammirare ciò che mi circonda.»

Jayme chiuse gli occhi. Poteva perfettamente immaginarlo sdraiato su un'amaca a dondolarsi nella brezza.

Cosa più importante, riusciva ad immaginare loro due sdraiati lì.

«A cosa stai pensando?» le chiese.

Era dannatamente perspicace. «Mi stavo solo chiedendo se ci saremmo stati entrambi su quell'amaca» rispose, cercando di superare la timidezza. C'era qualcosa in lui che le dava la sicurezza di poter dire qualsiasi cosa.

«Ci stiamo» replicò.

Si scambiarono uno sguardo così intimo che le vennero i brividi. Doveva cambiare argomento, altrimenti avrebbe fatto qualcosa di imbarazzante... come andare al bottone dei suoi jeans e tirarglieli giù proprio lì in auto.

«Rocket è un nome insolito» sbottò. «È un soprannome?»

Per un secondo pensò che non le avrebbe permesso di cambiare argomento. Il desiderio nei suoi occhi era quasi bruciante e Jayme non vedeva l'ora di scottarsi.

Ma come se percepisse la sua tensione, la assecondò. «È il mio vero nome. Se vuoi posso mostrarti il certificato di nascita.»

«Ti credo, non mi serve una prova.»

«Mia madre voleva qualcosa di unico per me, voleva essere diversa dalle sue amiche che chiamavano i loro figli John, Rob e Samuel. Certo, non si è fermata a pensare a quanto mi avrebbero preso in giro con un nome così, ma per fortuna ho raggiunto la pubertà abbastanza presto e la gente ci pensava due volte prima di mettersi contro qualcuno grande come me. Immagino che abbia scelto Rocket perché le faceva pensare a qualcuno che sarebbe arrivato lontano, una persona forte che puntava in alto.» Si strinse nelle spalle e disse in modo ironico: «Però di sicuro il meccanico non era esattamente ciò che pensava avrei finito per fare.»

Jayme gli strinse la mano. «Non approva la tua professione?»

«Non è che non approvi. Voglio dire, era felice che fossi entrato in Marina, ma penso sperasse che sarei diventato un vero scienziato missilistico o un astronauta o qualcosa di più prestigioso. Mi vuole bene, solo che non siamo molto legati.»

«Penso che quello che fai sia straordinario. Certo, i razzi sono impressionanti, ma qualcuno deve progettarli. Qualcuno deve continuare a farli funzionare. Qualcuno deve riempirli di carburante e assicurarsi che tutte le provviste vengano caricate in modo che gli astronauti siano a posto. Per non parlare delle persone che restano a terra e controllano la tecnologia mentre il razzo vola verso lo spazio. Penso che la gente sia troppo impressionata da coloro che stanno al vertice, quando dovrebbero lodare chi sta alla base, è la gente comune che fa andare avanti la nostra economia. I lavoratori dei fast food, delle stazioni di servizio, quelli nei grandi supermercati e nei piccoli negozi che lavorano molte ore al giorno per rifornire gli scaffali. Noi gente comune siamo quelli che fanno *davvero* andare avanti il mondo, non i grandi capi al vertice.»

Jayme era un po' imbarazzata quando finì il suo discorso appassionato, ma non sopportava che lui nutrisse dei dubbi su se stesso o su ciò che faceva per vivere.

Rocket divise la sua attenzione tra lei e la strada per un lungo momento prima di portarsi la sua mano alla bocca e baciarle il palmo. L'onnipresente ombra di barba le graffiò la pelle.

«Inoltre» continuò in tono più leggero, «sono felice che tu sia bravo con i motori, perché sono senza speranza per quanto riguarda la meccanica. So cambiare una gomma, se devo, ma qualsiasi altra cosa va oltre le mie capacità.»

«Adesso ci penso io quando devi cambiare le gomme» le disse senza alcuna esitazione.

«Grande» ribatté. Amava pensare che ci fosse, se e quando avesse avuto problemi con la macchina. L'unica volta che si era rotta sulla statale 5 a Seattle era stato estremamente stressante. Aveva dovuto aspettare quasi due ore prima che arrivasse il carro attrezzi e per tutto il tempo aveva temuto che una delle auto che sfrecciavano a tutta velocità la prendesse in pieno.

«Questo è il mio vialetto» disse Rocket mentre lasciava la strada principale.

Jayme osservò davanti a lei e inspirò bruscamente quando vide la sua casa.

Era stupenda. E se avesse dovuto comprarne una, era esattamente ciò che avrebbe voluto per se stessa. Il portico le fece venire voglia di prendere una sedia a dondolo e rilassarsi lì. Ogni finestra aveva adorabili persiane e tutta la proprietà era accogliente e tranquilla.

«Oh, mamma, Rocket, la adoro!»

«Bene» mormorò, mentre girava a lato dell'abitazione e premeva un pulsante sul telecomando per aprire la porta del garage. Parcheggiò all'interno e disse: «Ho una grande rimessa dall'altro lato dove restauro i veicoli e faccio i lavori di costruzione per la casa. La cantina è sul retro, te li mostrerò più tardi se vuoi.»

«Voglio» rispose Jayme con un sorriso.

Scesero entrambi dal pick-up e lui le tenne la porta di casa aperta. «Non sono affatto un bravo cuoco, cosa che già sai, ma so grigliare una buona bistecca, o del pollo se preferisci. Cioè... se vuoi restare a cena.»

«Mi piacerebbe.» Si voltò per guardarlo prima di entrare. Jayme si trovava sul gradino sopra al suo ma lui era *comunque* più alto. Sentendosi coraggiosa, gli avvolse le braccia intorno al collo e appoggiò la testa sul suo petto. Poteva sentire il suo cuore battere sotto la guancia. «Grazie per il meraviglioso appuntamento, Rocket. Ma avremmo potuto stare seduti in macchina nel parcheggio del Walmart e sarebbe stato comunque bellissimo. Mi piace passare il tempo con te. So che sei molto impegnato e apprezzo che tu abbia trascorso il tuo giorno libero con me.»

«Non è stata una decisione difficile» replicò mentre chiudeva le braccia intorno a lei.

«So che probabilmente avevi delle cose da fare.»

«No. Niente di importante.»

Rimasero così per un lungo momento poi Jayme si scostò. Tuttavia, non lo lasciò andare. Lo guardò brevemente prima di alzarsi in punta di piedi.

Premette le labbra sulle sue e chiuse gli occhi.

Se temeva di essere stata troppo audace o di aver esagerato, le sue paure furono subito messe a tacere quando Rocket gemette e la attirò di più a sé. Prese il controllo del bacio, inclinando la testa e leccandole il labbro inferiore, come per chiedere il permesso di entrare. Glielo concesse all'istante, stringendo le braccia intorno al suo collo mentre la sollevava ed entrava in casa. Torreggiava su di lei, ma la faceva sentire protetta e amata invece che sopraffatta.

Appena dentro, la spinse contro la parete e si baciarono come se quello fosse il primo e unico bacio che si sarebbero mai scambiati. Diventò rapidamente carnale, e ciò non fece altro che farle desiderare ancora di più Rocket. Le loro lingue si intrecciarono e giocarono, imparando ciò che piaceva all'altro. Ma in tutta quella passione lui non ne approfittò; le mani rimasero bloccate intorno al suo corpo e non esplorarono. Avrebbe voluto disperatamente sentire i suoi palmi callosi contro la pelle, ma in quel momento si stava godendo troppo il loro primo bacio per desiderare qualche distrazione.

Quando finalmente lui si tirò indietro, ansimavano. Jayme lo vide spostare lo sguardo sul suo seno e pensò che probabilmente avrebbe dovuto sentirsi in imbarazzo, dato che avrebbe visto i capezzoli inturgiditi. Ma niente di ciò che era successo poteva farla sentire a disagio.

«Mi piace la tua casa» sussurrò.

Lui sorrise. «Non l'hai nemmeno vista.»

«Non importa. So che è perfetta.»

«Tutto bene?» chiese, aggrottando un po' le sopracciglia. «Non voglio che ti senta sotto pressione. Puoi stare tranquilla.»

«Lo so» replicò Jayme. Potevano bastare due settimane per innamorarsi perdutamente di qualcuno? Non ne aveva idea, ma aveva la sensazione di essere già spacciata.

Lui sollevò una mano e le sfiorò le labbra con il pollice. Erano un po' gonfie, e lei non poté fare a meno di sorridere e tirare fuori la lingua per leccargli il dito.

«Cazzo» mormorò Rocket. «Sarai la mia morte.»

«Ma che bel modo di andarsene» ribatté sfacciata.

«Vero. Dai. Lascia che ti mostri la casa.»

Jayme annuì, ignorando la fugace delusione provata quando lui sciolse l'abbraccio e si allontanò. Ma arrivò solo fino alla porta del garage da cui erano appena entrati e dopo averlo chiuso, le prese di nuovo la mano e la tenne stretta mentre la conduceva all'interno della sua bellissima casa.

CAPITOLO CINQUE

Rocket buttò fuori piano il fiato e si bloccò quando Jayme si mosse contro di lui; stava dormendo profondamente da almeno un'ora. Dopo averle mostrato la casa e mentre lui grigliava la carne, lei aveva insistito per preparare del pane e per dessert dei biscotti con gocce di cioccolato. Una volta cenato si erano seduti sul divano a guardare la televisione; non aveva idea di cosa stessero trasmettendo perché la sua completa attenzione era dedicata alla donna tra le sue braccia. Si era rannicchiata contro di lui, con la testa appoggiata sulla sua spalla, addormentandosi praticamente subito.

Non poté fare a meno di sorridere ricordando la sua reazione alla vista della cucina. Aveva spalancato gli occhi ed era rimasta senza parole per un intero minuto. Le aveva già accennato di aver ristrutturato completamente la cucina e i bagni, ma a quanto pareva non aveva capito bene cosa significasse.

C'era un piano cottura più forno professionale da centoventi centimetri e un enorme frigorifero a doppia porta. Piani di lavoro in marmo e ogni aggeggio da cucina conosciuto dall'uomo. Aveva esagerato e lo sapeva, soprattutto per qualcuno che non cucinava, ma aveva sperato di trovare a un certo punto, una donna che potesse amare quello spazio.

I bagni erano altrettanto opulenti, con pavimento riscaldato, vasca idromassaggio, doppi lavandini, doccia con soffioni a pioggia, più i ripiani in marmo. Le sue intenzioni erano state di viziare la donna che avrebbe amato, e il modo migliore che conosceva era rendere la sua casa un rifugio per lei.

Vista la reazione di Jayme, c'era riuscito. Era rimasta colpita dai bagni, ma era chiaro che avrebbe potuto *vivere* nella cucina. Per tutto il tempo in cui lei aveva cucinato l'enorme sorriso non era mai svanito dal suo volto, e Rocket sapeva di non aver mai trascorso a casa sua una serata più bella di quella.

Aveva chiamato sua nonna per dirle dove fosse e che sarebbe tornata a casa tardi. Winnie, ovviamente, le aveva detto di divertirsi e di non preoccuparsi per lei, e che le andava benissimo se avesse voluto passare la notte lì. Jayme era arrossita e Rocket avrebbe voluto prenderla tra le braccia e baciarla di nuovo con passione.

Lo aveva sorpreso con quel bacio quando erano arrivati, ma non aveva esitato a ricambiare; non si era sbagliato, si adattava perfettamente a lui. E nonostante avesse voluto stringerle il sedere e premerla contro la sua erezione incredibilmente dura, aveva tenuto le mani in un territorio sicuro.

In quel momento era incollata a lui e tutto ciò che sentiva era il suo profumo floreale che lo torturava. Ma non osò muoversi. Non voleva disturbarla.

Gli sembrava ancora impossibile che fosse lì. Sì, avrebbe voluto trovare una donna con cui trascorrere il resto della vita, da amare e adorare e che in cambio gli sarebbe stata devota ma, onestamente, non pensava sarebbe successo.

Invece, nel giro di due settimane, eccolo lì, perdutamente innamorato della donna attualmente tra le sue braccia.

Rocket aveva pensato che innamorarsi sarebbe stato confortante e facile. Invece, era spaventoso. E se lei non avesse provato la stessa cosa? E se fosse stata ferita o uccisa? Come sarebbe riuscito a sopportarlo? E se lei avesse ricambiato i suoi sentimenti e poi cambiato idea in futuro?

Era completamente fuori dal suo elemento e

temeva di fare qualcosa di sbagliato che avrebbe rovinato la sua possibilità di essere felice.

Doveva essersi teso o mosso in altro modo perché Jayme si dimenò e aprì gli occhi, alzando la testa per guardarlo.

Era così bella. Avrebbe potuto rimanere a fissarla per ore e non annoiarsi. I suoi occhi azzurro scuro gli ricordavano l'oceano.

«Che ore sono?» gli chiese con voce roca.

«Non troppo tardi» le disse con dolcezza.

«Non volevo addormentarmi.»

«Nessun problema. Hai avuto una giornata ricca di eventi.»

Fece un verso indignato, e Rocket sorrise pensando a quanto fosse adorabile.

«Ti prego. Sono diventata così pigra ora che non mi alzo più alle prime luci dell'alba per andare in panetteria. Mi sembra di non far altro che dormire. Quando mi sono licenziata, ero felice di poterlo fare, di cucinare solo per me stessa invece che per qualcun altro, ma ho una voglia immensa di tornare a lavorare. Di rendere il Warm Delights una realtà.»

«Allora fallo.»

Jayme sbuffò. «Non è così facile.»

«È vero» concordò. «Ma niente che merita è facile.»

«Ora parli come nonna.»

Rocket non poté trattenersi e passò una mano tra i suoi capelli. Gli fece piacere che Jayme continuasse a tenere la testa posata sulla sua spalla chiudendo gli occhi mentre la accarezzava.

«Rocket?» gli chiese senza riaprirli.

«Sì?»

«Non sono più stanca.»

Si irrigidì. Quell'affermazione andò dritta al suo uccello. Avrebbe voluto prenderla in braccio e portarla in camera, e fare l'amore con lei tutta la notte, ma non era sicuro che fosse quello che intendeva con le sue parole innocenti.

Jayme aprì gli occhi e si spostò, gettandogli una gamba sulle cosce per poi mettersi a cavalcioni su di lui. Gli mise le braccia intorno alle spalle e lo fissò mentre chiariva: «Non mi sono mai sentita così per qualcuno prima. Non so cosa ci sia in te, ma sento di trovarmi proprio dov'era destino che fossi. Mi sono sempre disperata non capendo perché le mie relazioni passate non avessero funzionato. Pensavo ci fosse qualcosa che non andava in me. Ma stare con te sembra giusto. È pazzesco, lo so. E sto parlando troppo e probabilmente ti sto spaventando. Ciò che voglio dire è che... ti desidero. Vuoi fare l'amore con me?»

Il cazzo di Rocket era diventato duro come una roccia nel momento in cui il suo sedere morbido si era posato su di lui, e lo diventava di più a ogni sua parola. Deglutì, cercando di schiarirsi la gola per poter parlare. «Sì.»

Avrebbe voluto dirle un sacco di cose. Che si sentiva allo stesso modo. Che dal momento in cui l'aveva vista a casa di Winnie, si era sentito come se fosse stato colpito da una trave. Che tutto ciò che aveva fatto nella vita sembrava portare a quel momento. Ma riuscì solo a tirar fuori quell'unica parola.

Sì.

Si spostò sul bordo del divano e, tenendola per il sedere, si alzò con lei in braccio. Jayme non strillò spaventata, non lo strinse più forte, si limitò a sorridere e ad agganciare le caviglie dietro la sua schiena.

«Non preoccuparti, non ti lascerò cadere» le disse volendo rassicurarla, anche se non sembrava ce ne fosse bisogno.

«Lo so. Per qualche ragione, mi sento sempre al sicuro con te.»

Non poteva sapere quanto significassero per lui quelle parole. Per la maggior parte della vita, era stato quello che riceveva occhiate furtive da tutti, incerti se potersi fidare di lui. Per via delle sue dimensioni, le persone si tenevano sempre alla larga e attraversavano la strada per non dovergli passare accanto. La sua fiducia significava tutto.

La fissò negli occhi mentre la portava su per le scale verso la camera da letto. Probabilmente avrebbe dovuto rallentare le cose tra loro. Avevano avuto solo qualche appuntamento, anche se avevano parlato quasi tutti i giorni da quando si erano incontrati. Non voleva che si pentisse di aver dormito con lui. Ma non poteva dirle di no. Qualunque cosa avesse voluto, si sarebbe fatto in quattro per dargliela.

Una volta arrivato in camera, la prese per la vita dandole un colpetto sul fianco. Lei capì e lasciò cadere le gambe, e si ritrovò in piedi nel suo abbraccio. Rocket notò ancora una volta la loro differenza di corporatura e pensò che avrebbe dovuto andarci piano per non farle male. Il pensiero di quanto sarebbe stata piccola e stretta quando fosse entrato in lei glielo fece diventare ancora più duro.

«Ho uno spazzolino in più nel cassetto del lavandino a destra.»

«Grazie» rispose con gratitudine. Si allontanò da lui e per un secondo fu preso dal panico. Non voleva lasciarla andare. E se avesse cambiato idea? E se avesse voluto tornare a casa?

Come se avesse percepito la sua ansia, Jayme gli mise una mano sulla guancia e disse con dolcezza: «Non ci metterò molto. Grazie per avermi dato l'opportunità di darmi una rinfrescata.»

Annuì e la guardò entrare nel suo bagno esagerato. Gli rivolse un piccolo sorriso prima di chiudere la porta.

Passandosi una mano tra i capelli corti, Rocket fece un respiro profondo. Aveva quarant'anni, per l'amor di Dio. Doveva darsi una calmata. Ma quella sera era diverso da ogni altra volta in cui era stato con una donna. Era più importante. Gli dava un senso di completezza.

Uscì in fretta dalla stanza per andare nel bagno degli ospiti in corridoio. Si lavò i denti e il viso e si sfilò la maglietta, lasciandola cadere per terra, poi tornò in camera da letto.

Esitò. Doveva togliersi i pantaloni? Infilarsi sotto le coperte?

Si sentiva a disagio e insicuro su tutto. Non voleva sembrare troppo ansioso, ma accidenti se lo era.

Tirò fuori dal comodino la scatola di preservativi che aveva comprato quella settimana, non perché avesse pensato che avrebbero fatto qualcosa, ma per essere preparato per ogni evenienza. La aprì e ne mise uno a portata di mano sul letto, poi si sedette nervosamente sul bordo del materasso e aspettò che Jayme ricomparisse. Sembrava che il cuore gli stesse balzando fuori dal petto... e non vedeva l'ora di farla sua.

Stranamente, Jayme non si sentiva nervosa. Ok, un *po'* sì, ma era più che altro eccitata. Quando si era svegliata tra le sue braccia, si era resa conto che non c'era nessun altro posto in cui voleva essere. Con Rocket si sentiva amata. Era una sensazione inebriante e non era riuscita a impedirsi di chiedergli di fare l'amore.

Non era mai andata a letto con un uomo dopo solo pochi appuntamenti, ma tutto dentro di lei stava urlando che lui fosse quello giusto. Era folle, ma per una volta nella vita, avrebbe inseguito ciò che desiderava.

Apprezzò che le avesse dato la possibilità di rinfrescarsi. Si lavò i denti e usò il bagno, poi pensò a come avrebbe dovuto comportarsi. Togliersi i vestiti ed entrare nuda nella sua stanza? Avvolgersi in un asciugamano? Lasciare tutte le luci accese?

Accidenti. Voleva essere sexy e sicura di sé, ma non era mai stata completamente a suo agio nel proprio corpo. Le piaceva un po' troppo assaggiare le sue creazioni.

Ma quello era Rocket. L'aveva visto osservarle il culo e le tette più di una volta. Non pensava che il suo desiderio sarebbe svanito quando l'avesse vista nuda, ma non era sicura di riuscire a entrare in camera senza nemmeno uno straccio addosso.

Decise di scendere a compromessi e si tolse i

jeans, i calzini, le mutandine e il reggiseno, tenendo la maglietta. Non nascondeva molto, ma scendeva fino alle cosce, quindi le sue parti più importanti erano coperte. Arricciò il naso guardandosi nello specchio dietro alla porta e fece un respiro profondo. Era ciò che era, e se a Rocket non fosse piaciuto il suo aspetto, era meglio saperlo prima che dopo.

Aprì la porta ed entrò esitante nella camera da letto.

I suoi occhi andarono subito a lui, seduto sul bordo del materasso. Si era tolto la maglietta e indossava solo i jeans.

Sperando di sembrare più sicura di quanto si sentisse, Jayme fece un passo verso di lui. Rocket alzò gli occhi dal pavimento che stava studiando e incontrò i suoi. Poi la osservò e gli mancò il respiro.

E all'improvviso, Jayme sentì tornare la fiducia.

«Porca puttana» sussurrò mentre lei si avvicinava. «Sei bellissima.»

Avrebbe avuto un milione di cose da ridire. Le sue cosce erano troppo grosse e si sfregavano quando camminava; non riusciva a liberarsi della pancetta che aveva da sempre; i suoi capelli erano troppo folti; sembrava sempre gonfiarsi fino a scoppiare quand'era super stressata; le sue dita dei piedi erano troppo corte e tozze.

Invece, sollevò il mento e replicò: «Grazie. Anche tu sei stupendo.»

Proprio quando lo raggiunse, Rocket cadde in ginocchio davanti a lei, e arrivava comunque all'altezza del suo seno. Era davvero altissimo. Fece per toccarla, ma si fermò.

«Posso?» le chiese, guardandola in viso.

«Sì, ti prego.»

E le sue grandi mani furono su di lei. All'inizio, le posò solo sui fianchi, sopra maglietta... poi lentamente le fece scorrere fino a toccare la pelle nuda delle sue cosce, con lo sguardo fisso sul suo corpo. Sì irrigidì quando le sollevò piano la maglia e si rese conto che non indossava le mutandine.

Alzò la testa di scatto e Jayme poté vedere lussuria e desiderio nei suoi occhi. «Sei nuda sotto?» le chiese.

Era una domanda stupida, perché era ovvio che lo avesse già capito, ma lei annuì lo stesso. «Mi sembrava sciocco metterli, visto che avrei dovuto toglierli.»

«Porca puttana» ripeté sottovoce. Poi le sollevò la maglietta fin sopra la vita e si mise a fissarla.

Rimase così talmente a lungo che Jayme iniziò ad agitarsi. «Rocket?»

«Scusa» disse, senza distogliere lo sguardo dal suo sesso. «Sto cercando di riprendere il controllo. Sei perfetta.»

Non lo era. Lo sapeva. Ma quella venerazione

nelle sue parole la fece sentire bella per la prima volta da secoli. Quella settimana si era presa molta cura di sé, assicurandosi di depilarsi il pube e le gambe perché fossero belle lisce.

Rocket si alzò, torreggiando su di lei ancora una volta. Le prese la maglietta e gliela sfilò dalla testa, lasciandola completamente nuda davanti a lui.

Cominciò a sbottonarsi i pantaloni, li spinse giù e li calciò di lato.

Poi la sconvolse prendendola subito tra le braccia e si ritrovarono pelle a pelle.

Jayme sentì i seni premere contro il suo corpo solido, l'erezione pulsare calda e dura contro il suo stomaco. Era un momento intensamente intimo, e lui sembrò contento di restare solo lì, abbracciato a lei.

Pochi minuti dopo, Rocket si tirò indietro. Andò con lo sguardo sui suoi capezzoli turgidi, che ancora gli sfioravano i peli del petto, prima di guardarla negli occhi. «Grazie» sussurrò.

«Per cosa?»

«Per la fiducia che mi stai dando donandoti a me» rispose. Poi si sedette sul letto e si spinse indietro.

Quelle parole si insediarono nel suo cuore e Jayme deglutì a fatica per impedire alle sue emozioni di sopraffarla. Lo seguì sul letto e si sistemò su un fianco. Lui si chinò subito e premette la bocca sulla sua.

Si baciarono a lungo. Le mani di Rocket esplorarono il suo corpo, toccando, accarezzando, imparando ciò che la solleticava o la faceva gemere. Anche lei non fu da meno e amò il contrasto tra i loro corpi; dove lei era morbida, lui era duro. Dove lei era liscia, lui era ruvido.

Quando le sue dita gli sfiorarono il cazzo pulsante, lui emise un gemito strozzato e scivolò giù lungo il suo corpo.

«Rocket» si lamentò lei.

«Se mi tocchi, esploderò» ammise. «Voglio dar piacere a te prima di tutto.»

«Lo stai già facendo» lo rassicurò.

«Allora voglio dartene di più» replicò, prima di abbassare la testa tra le sue gambe.

Jayme sussultò e le aprì di più. Non aveva mai capito tutto il clamore intorno al sesso orale. In passato, aveva preferito di gran lunga usare la propria mano per aiutarsi a venire quando era con un uomo, ma tutto ciò che poté fare in quel momento fu stringere il lenzuolo sotto di lei e tenersi per affrontare quel viaggio.

Rocket usò la bocca, il naso, le dita, i denti... era concentrato al cento per cento nel farla venire. E non passò molto tempo prima che Jayme sentisse i segnali di un orgasmo imminente.

«Sì, proprio lì!» implorò, quando lui iniziò a

leccarle il clitoride. Sentì il suo dito scoparla dolcemente e gemette. Le sue gambe iniziarono a tremare e gli afferrò la testa mentre precipitava nell'estasi di uno degli orgasmi più potenti che avesse mai avuto in vita sua.

Nel momento in cui di solito lei rallentava mentre si dava piacere, Rocket intensificò le carezze sul clitoride.

«Rocket... basta...»

Si limitò a grugnire e aggiunse un secondo dito all'interno del suo sesso pulsante, picchiettando la lingua più velocemente contro il suo punto più sensibile.

Jayme emise un piccolo grido, ormai sopraffatta dalle sensazioni, mentre continuava a cavalcare il suo orgasmo.

Non sapeva quanto tempo fosse trascorso, ma alla fine si rese conto che le stava strofinando il naso sull'interno della coscia. Le sue dita erano ancora in profondità dentro di lei e, in passato, si sarebbe sentita imbarazzata di essere così bagnata e di avere il suo viso così vicino alla fica ma, sorprendentemente, non lo era.

«Porca miseria» mormorò. «Rocket?»

«Sì?»

«Ti prego, scopami.»

Si mosse più velocemente di quanto si fosse

aspettata. Tolse le dita dal suo corpo esausto e lo guardò mentre infilava il preservativo posato sul letto. Prima aveva avuto ragione, *era* grande. Ma Jayme non si sentiva nervosa, lui non le avrebbe mai fatto del male.

La punta del suo uccello premette contro le pieghe bagnate e lei allargò le gambe il più possibile. Rocket gemette quando iniziò a penetrarla.

«Cazzo. Sei così stretta. Non voglio farti male.»

«Non me ne farai» lo rassicurò, mentre lo osservava spingersi lentamente dentro di lei.

Si fermò a metà strada e gettò indietro la testa. La sua mascella era serrata e sembrava che stesse soffrendo.

Jayme non stava provando alcun dolore, forse grazie all'orgasmo e a quanto fosse ancora bagnata, e prese un cuscino sollevando il sedere quel tanto che bastò per spingerselo sotto.

Rocket incontrò il suo sguardo per una frazione di secondo... prima di abbassarlo.

«È così dannatamente eccitante» sussurrò.

Era vero. Così sollevata aveva migliorato l'angolazione facendolo scivolare fino in fondo. Quando furono completamente uniti, Jayme sospirò. Agganciò le caviglie dietro il suo sedere e si afferrò ai suoi bicipiti.

«Muoviti» lo implorò.

«Non credo di poterlo fare. Non senza venire» ammise.

Lei ridacchiò. «Ho fiducia in te.»

Rocket iniziò a muovere i fianchi lentamente. Si ritrasse poi rientrò piano in lei. Ancora e ancora, come se stesse assaporando la sensazione del suo sesso scivoloso intorno a lui. Era bello, ma Jayme voleva di più. Voleva vederlo perdere il controllo. Voleva che si sentisse bene come lei.

«Più forte, Rocket. Non mi romperò.»

«Sono molto più grande di te» sibilò, aggrappandosi al suo controllo di ferro.

«Sì. E amo sentirti nel profondo di me. Ma ho bisogno che ti muovi *di più*.»

A quel punto, i loro occhi s'incontrarono ancora una volta. E bastò.

«Ti darò sempre ciò di cui hai bisogno» disse, e questa volta invece di entrare piano in lei, la penetrò con forza.

Gemettero entrambi.

«Sssìì» sibilò lei.

Lo fece di nuovo. E di nuovo ancora. Fino a quando Jayme non si sentì persa nell'estasi. Il rumore della carne che sbatteva era forte nella stanza e sembrava rimbombare intorno a loro, aumentando il piacere.

Affascinata fissò Rocket; la parte alta del suo

petto era arrossata e ansimava mentre si prendeva ciò di cui aveva bisogno. I muscoli dei bicipiti erano contratti per lo sforzo di tenersi su e non schiacciarla, mentre la scopava forte.

Ogni spinta dentro di lei avvicinava Jayme sempre di più all'orgasmo. Non era mai riuscita a venire durante un rapporto, ma con le dimensioni di Rocket e il fatto che la facesse sentire sexy, era di nuovo vicino al culmine.

Portò una mano tra di loro, non riuscendo a resistere alla tentazione di accarezzargli il cazzo mentre usciva dal suo corpo. Era lucido dei suoi umori e li usò per lubrificarsi il clitoride accarezzandolo.

«Dannazione» mormorò lui. «Sì, fatti venire. Voglio sentire la tua fica stretta strizzarmi l'uccello. Sbrigati, Jayme. Ci sono vicino...»

Le sue parole la spronarono a muovere le dita più velocemente, nel disperato tentativo di dargli ciò che voleva. Non ci volle molto. Tra le spinte, il parlare sporco e il modo in cui i suoi occhi la fissavano, venne.

«Ah, cazzo, è fantastico!» disse Rocket, iniziando a penetrarla con ancora più forza. Il letto sobbalzava a ogni spinta e Jayme sapeva che le sue tette stavano rimbalzando a ritmo con il movimento.

Capì anche il momento in cui lui si lasciò andare; portò una mano sotto il suo sedere e la attirò di più a sé spingendosi dentro un'ultima volta, restando il più profondamente possibile dentro di lei e gettando indietro la testa. Le vene del suo collo si gonfiarono mentre grugniva di soddisfazione.

Gli ficcò le unghie nei bicipiti e lo osservò sperimentare l'effetto che solo un orgasmo poteva dare. Finì troppo in fretta per i suoi gusti e percepì il suo corpo rilassarsi lentamente. Rocket cadde di lato, poi si girò sulla schiena, continuando a stringerle il sedere, così finì seduta a cavalcioni su di lui a fissarlo.

Lasciò cadere le braccia lungo i fianchi e il suo petto si sollevava su e giù mentre cercava di riprendere fiato. «Porca puttana, donna. Mi hai ucciso» scherzò.

Jayme ridacchiò e sentì il suo cazzo contrarsi dentro di lei, così inarcò un sopracciglio.

Le sorrise. «Be', non sono ancora pronto per fare un altro giro, ma dammi cinque minuti.»

Non ne sarebbe stata sorpresa se fosse stato vero.

Rocket sollevò la mano e andò a tracciare lievemente il suo capezzolo con l'indice. Si inturgidì immediatamente a quel tocco. I loro sguardi si incontrarono un attimo, poi avvolse le braccia intorno a lei e la girò sulla schiena. Il suo cazzo scivolò fuori e Jayme gemette.

«Lo so. Devo occuparmi del preservativo. Torno subito. Non ti muovere.»

Si alzò dal letto, ma prima di andare in bagno, tirò su il lenzuolo e la trapunta per coprirla.

Lo guardò allontanarsi completamente a suo agio. Tornò in un minuto, si infilò sotto le coperte e la prese tra le braccia come se lo avesse fatto ogni giorno negli ultimi vent'anni.

Si rannicchiò contro di lui, serena. Rocket le accarezzò la spalla con le dita mentre stavano sdraiati lì, semplicemente a godere la sensazione di essere così vicini.

«Rocket?»

«Mmm?»

«Grazie» sussurrò.

Non le chiese di cosa. Non le disse che non aveva bisogno di ringraziarlo. Rispose semplicemente: «Prego.»

CAPITOLO SEI

R OCKET NON RIUSCIVA A RICORDARE un momento della sua vita prima di Jayme. Be', poteva, ma non voleva. Era impegnato come sempre con il lavoro, ma la differenza era che ora, quando tornava a casa, il più delle volte lei era lì. Preparava la cena per loro ogni sera e l'aria era sempre permeata del delizioso profumo delle prelibatezze che cucinava ogni giorno.

Winnie l'aveva messa in contatto con un agente immobiliare e presto avrebbe firmato i documenti per lo spazio perfetto che avrebbe reso il Warm Delights una realtà, e Rocket non avrebbe potuto essere più felice per lei. Sapeva che tutto il lavoro da fare avrebbe significato meno tempo da trascorrere insieme, ma ne sarebbe valsa la pena pur di vederla sbocciare.

Erano passati due mesi da quando si erano messi

insieme... e Rocket un paio di giorni prima aveva comprato un anello di fidanzamento. Lei era la donna con cui voleva trascorrere il resto della vita; stava solo aspettando il momento giusto per chiederglielo.

Anche se rimaneva ogni notte a casa sua, andava comunque giornalmente a trovare la nonna, per controllarla e assicurarsi che avesse tutto ciò di cui aveva bisogno e che non rimanesse troppo sola. Era sabato e lo stavano trascorrendo da Winnie. Il giardino aveva bisogno di qualche lavoretto e Rocket si era offerto volentieri. Quando i suoi vicini lo avevano visto in cortile, erano andati anche loro.

Kane Temple, noto come Brain ai suoi amici e compagni di squadra, era nell'esercito e spesso le falciava il prato. La sua ragazza, Aspen, quando aveva visto Jayme e Winnie sedute sul portico, si era unita a loro. Le tre donne avevano riso e parlato mentre lui e Brain portavano via i rami caduti dopo una recente tempesta e sistemavano il giardino.

Quando ebbero finito, andarono a sedersi con loro. Jayme aveva preparato una pagnotta di banana bread per sua nonna, che lo aveva gentilmente condiviso con tutti mentre si rilassavano.

«Come va il nuovo lavoro?» chiese Winnie ad Aspen.

«Bene. Molto bene» le rispose.

Si voltò verso sua nipote e Rocket. «Aspen era

nell'esercito. Era un soccorritore militare. Si è congedata e ora lavora per una compagnia di ambulanze.»

Rocket rimase colpito. «Un soccorritore, eh?»

Ma fu il suo fidanzato a rispondere. «Assegnata a una squadra di Ranger» li informò.

Fece un fischio lungo e basso.

«Che cos'è? Cosa mi sfugge?» chiese Jayme, con aria confusa.

«Sono responsabili di fornire cure mediche ai soldati feriti sul campo di battaglia» le spiegò. «I Ranger dell'esercito sono tra i soldati meglio addestrati al mondo. Sono una forza d'élite che conduce missioni militari speciali con breve preavviso. Per essere assegnati a una delle loro unità, un soccorritore deve praticamente essere un Ranger lui o lei stessa.»

Notò il sorrisetto compiaciuto di Brain, ma l'altro uomo non disse nulla.

«Non pensavo che alle donne fosse permesso combattere.»

«Nel 2013 il divieto è stato revocato, nel 2015 la prima donna si è diplomata alla scuola Ranger. Poi, nel 2016, hanno aperto alle donne tutte le specialità di combattimento. È stata un'ardua battaglia, ma seppur molto lentamente, le cose stanno cambiando» disse Aspen.

«Sarebbe scortese da parte mia chiederti perché

hai lasciato?» le chiese Jayme. «Voglio dire, puoi evitare di rispondere se vuoi. Sono solo curiosa.»

Lei scrollò le spalle. «Quando mi sono arruolata nell'esercito, nutrivo grandi speranze di poter salvare il mondo. Di poter fare la differenza. Ma non tutti sono pronti ad accettare il fatto che le donne possano essere efficaci sul campo di battaglia quanto gli uomini.»

«Quello che non sta dicendo è che gli uomini della squadra a cui era assegnata erano degli stronzi» chiarì Brain. «È un paramedico straordinario e l'esercito ha perso un medico eccezionale quando si è dimessa. Ma peggio per loro e meglio per Killeen. Mi ha salvato la vita non molto tempo fa.»

Lo sguardo d'amore e rispetto che rivolse alla sua fidanzata era evidente.

«Davvero?»

Aspen scosse la testa. «Non ho fatto nulla che non avrebbe fatto chiunque altro» protestò.

«Sbagliato.» Brain guardò di nuovo gli altri. «È successo poco tempo fa, Quando quella tempesta tropicale si è abbattuta su Houston allagandola completamente. Siamo stati inviati a dare una mano. Sono stato... ehm... ferito e sono finito a galleggiare a faccia in giù nell'acqua alluvionale. Aspen si è tuffata dalla barca e mi ha portato in salvo, facendomi la respirazione bocca a bocca finché non ho iniziato a respirare da solo. Poi, dato che eravamo separati dagli altri, è rimasta seduta con me tutta la notte sulla soglia di una casa finché non ci hanno trovati. Se non fosse stato per lei, sarei sicuramente morto.»

«Porca puttana!» disse Jayme.

Rocket guardò la coppia. Era abbastanza sveglio da rendersi conto che aveva tralasciato molti dettagli, ma l'amore tra Brain e la sua fidanzata era chiaro come il sole.

«Però hai fatto qualcosa di stupido dopo, vero?» lo ammonì Winnie.

Lui corrugò la fronte. «Sì.»

«Nonna!» la rimproverò Jayme.

«Che c'è?» le chiese.

«Non è cortese.»

La donna sbuffò. «Sono troppo vecchia per preoccuparmi di ferire i sentimenti di qualcuno. Tutti commettono errori ed è ovvio che loro li hanno superati.»

Rocket non poteva che essere d'accordo. Erano ovviamente perdutamente innamorati. Mentre lavoravano sul giardino Brain non era riuscito a far passare più di un minuto senza girare la testa per controllare la sua ragazza, e l'orgoglio nel suo tono mentre raccontava ciò che era successo era stato evidente.

«È stato maleducato comunque» insistette.

«Sarò anche vecchia, ma non sono stupida» ribatté Winnie. «Cosa dovrei fare tutto il giorno se non guardare fuori dalla finestra e osservare il vicinato? Quella volta Aspen non ha fatto visita a Kane per una settimana circa. Tutti gli altri sono venuti a trovarlo, ma non lei.»

«Esatto... allora, dopo essermi fatto male, l'ho allontanata. Pensavo che sarebbe stata meglio senza di me» spiegò Brain.

«Poi hai tirato fuori la testa dal sedere e hai capito che eri stato stupido» aggiunse Winnie.

Aspen e Brain ridacchiarono e lui disse. «Sì, signora.»

«Bene. Perché lei mi piace» continuò sorridendo. «Abbiamo vicini odiosi che organizzano feste e lasciano il bidone della spazzatura sul marciapiede per giorni dopo il passaggio del camion, ma voi due non lo fate.»

«No» disse Aspen con un sorriso. «E se hai bisogno di qualcosa, sai che siamo proprio qui accanto e possiamo venire in un attimo.» Lanciò un'occhiata significativa a Jayme.

«Cosa di cui vi siamo molto grati» replicò lei con riconoscenza.

«Non sto per morire» si lamentò Winnie. «Non ho bisogno che mi stiate col fiato sul collo in attesa che tiri le cuoia.»

Jayme le diede un colpetto sulla mano. «Nessuno ha detto questo» la blandì cercando di appianare la situazione.

«Che lavoro fai?» le chiese Brain, per deviare il discorso dalla salute di Winnie.

«In questo momento non faccio niente, ma mi sto dando da fare per acquistare un immobile e aprire un'attività. Una panetteria.»

Rocket pensò che fosse comico come Aspen spalancò gli occhi per l'eccitazione.

«Davvero?» le chiese.

«Sì.»

«È fantastico! Non me la cavo male in cucina, ma con dolci e prodotti da forno faccio schifo. Penso che il mondo abbia bisogno di più cupcake.»

Le due donne si sorrisero.

«Dille il nome» la incitò Winnie.

Jayme alzò gli occhi al cielo, ma obbedì. «Ho intenzione di chiamarla Warm Delights.»

«Oooh, lo adoro!» esclamò Aspen.

«Grazie. Anch'io. Mi sono trasferita qui in Texas quando ho perso l'opportunità di possedere la mia panetteria a Seattle. Non ero sicura di che lavoro avrei fatto, ma Rocket mi ha aiutato a capire che solo perché le cose non sono andate come avrei voluto lì, non significava che non potessi aprirne una qui.»

«Puoi dirlo forte» ribatté Winnie.

«Farai torte di compleanno e dolci in genere o ti limiterai a biscotti, pane e derivati?» le chiese Aspen.

Rocket non aveva avuto intenzione di intromettersi in cose che riguardavano la panetteria, ma non riuscì a trattenersi. «Prenderà ordini speciali, ma solo un numero specifico al giorno... diciamo, circa cinque o giù di lì. Quindi i clienti dovranno pensare in anticipo e sbrigarsi se vogliono entrare nella lista.»

Jayme si voltò a guardarlo a bocca aperta, sbalordita, ma Aspen e Brain annuirono.

«Mossa intelligente. Fissa una condizione per cui le persone non possano semplicemente entrare e ordinare qualcosa al volo. Creerà domanda per i tuoi servizi e potrebbe persino diventare qualcosa di speciale per cui la gente si farà in quattro per riuscire ad accaparrarseli» aggiunse Brain con un sorriso.

«Esatto» confermò Rocket.

Passarono a parlare dell'ultima uscita di Winnie, quando lei e le sue amiche erano andate in un bar invece che al centro anziani per il bingo, e di quanto si fossero divertite.

Rocket lanciò un'occhiata a Jayme che era diventata silenziosa, e capì che era infastidita. Sapeva di essersi spinto troppo oltre, ma non aveva avuto l'intenzione di farla arrabbiare.

Aspen e Brain rimasero a chiacchierare per altri venti minuti circa e infine dissero che dovevano andare. Dopo la promessa di rimanere in contatto, tornarono a casa.

«Probabilmente dovremmo andare anche noi» disse Rocket. Non aveva programmi per la serata, ma aveva la sensazione che se non avesse chiarito la questione, avrebbe dormito da solo, cosa che non voleva mai più fare.

Era dipendente da Jayme. Adorava addormentarsi e svegliarsi stringendola tra le braccia, gli piaceva persino che fosse una di quelle persone che si svegliavano del tutto solo dopo aver bevuto almeno due tazze di caffè, nonostante lei sostenesse il contrario. Amava tutto di lei e averla a casa sua era un sogno diventato realtà.

Aveva l'impressione che Jayme volesse contraddirlo, che volesse rimanere più a lungo a casa di sua nonna, ma aveva bisogno di spiegare perché aveva detto quelle cose. Stava pensando alla sua panetteria da settimane ormai, avevano persino avuto diverse discussioni, ma desiderava che avesse successo più di qualsiasi altra cosa nella vita.

Senza dire una parola, Jayme entrò in casa per prendere la borsa.

«L'hai fatta grossa» gli disse Winnie. Ma aveva un sorrisetto compiaciuto.

«Lo so» ammise Rocket.

«Per la cronaca, penso che quello che hai detto sia

una buona idea. Ma mia nipote è sempre stata un po'
testarda. Una volta che ha qualcosa in testa, pensa
solo a quello. Il che non è una brutta cosa, intendia-
moci, ma ogni tanto si dimentica di alzare lo sguardo
e valutare altro.»

Annuì. Lo aveva notato ed era una delle cento
cose che amava di lei. La passione che aveva per la
vita era esaltante e sembrava avvolgere tutti intorno a
lei. L'avrebbe protetta da chiunque avrebbe voluto
sabotare quell'entusiasmo o approfittarsi di lei.
Poteva essere il cattivo senza alcun problema, ma lei
aveva bisogno di sapere che sarebbe stato sempre, al
cento per cento, dalla *sua* parte.

«Apprezzo il tuo supporto.»

«Sei quello giusto per lei» gli disse. «Riesco a indi-
viduare un farabutto a un chilometro di distanza, e tu,
Rocket Long, sei tutt'altro. Ho avuto la fortuna di
stare con il mio Steve per oltre cinquant'anni e ho
sempre desiderato che anche la mia Jayme avesse un
uomo così. Cominciavo a disperare che trovasse la
sua anima gemella, ma nel momento in cui ti sei
offerto di aiutarmi in quel supermercato, ho capito
che saresti stato perfetto per lei.»

Le sue parole significavano molto per Rocket,
anche se pensava che fosse un po' pazza. «Grazie»
replicò con diplomazia.

Winnie ridacchiò. «Non mi credi, e va bene così.

Sono solo una vecchia signora rimbambita che vuoi assecondare, e non m'importa. Ma lascia che ti dica, il tempo passa in fretta, e mi piacerebbe tenere in braccio il mio pronipote almeno una volta prima di andarmene a stare con il mio Steve.»

Rocket sbatté le palpebre sorpreso. In passato aveva pensato al fatto di avere dei figli. Di essere padre. Ma col passare del tempo, aveva spinto quei desideri in un angolo della mente. Ora non riusciva a scacciare dalla testa l'immagine di Winnie con un bambino in braccio.

Poi immaginò Jayme incinta del loro figlio... e invece di spaventarlo, fu come se qualcosa dentro di lui si stabilizzasse.

Voleva una famiglia con Jayme.

Sporgendosi in avanti, baciò la guancia di Winnie e sussurrò: «Ci sto lavorando.»

«Bene» rispose con un sorriso. «Oh, e devi sapere che ho detto a mia nipote che voglio accompagnarla all'altare, quindi non fate fughe romantiche o altro.»

«D'accordo» disse lui con una risatina.

«D'accordo su cosa?» chiese Jayme mentre ricompariva sul portico.

«Dato che oggi hai regalato il mio banana bread, devi prepararmene dell'altro» disse la nonna senza perdere un colpo.

Alzò gli occhi al cielo, ma sorrise. «Certo, nonna. Hai bisogno di aiuto per entrare?»

«Sono un'invalida adesso? Non ho bisogno di aiuto! Starò seduta qui ancora per un po'. È quasi ora che i vicini dall'altra parte della strada tornino a casa, e di solito passano a salutare. Lo sai.»

«Giusto, scusa.» Si chinò e la baciò sulla guancia. «Chiama se hai bisogno di qualcosa.»

«Lo farò, ma non lo farò» ribatté Winnie.

«Non posso credere di averlo capito» disse Jayme con una risatina. «Ti voglio bene, nonna.»

«Ti voglio bene anche io, bambina. E non essere troppo dura con lui.»

Jayme strinse le labbra e scosse la testa. «Ci vediamo domani.»

Rocket non fu sorpreso che non avesse risposto alla provocazione di Winnie. Avrebbe aspettato a insultarlo non appena fossero stati da soli.

CAPITOLO SETTE

JAYME ERA RIUSCITA A TRATTENERE la rabbia fino a casa di Rocket. Non era seccata perché aveva parlato ad Aspen e Brain della sua panetteria, più che altro era sembrato che le idee al riguardo fossero tutte sue. Sì, aveva una laurea in economia e delle idee davvero buone, ma non era che lei fosse un'idiota. Era consapevole che si stava infervorando troppo, ma non poteva fare a meno di sentirsi come se fosse di nuovo a Seattle. Che le sue idee fossero state messe da parte e non fossero importanti quanto quelle di un uomo.

Rimase zitta persino quando lui le chiese gentilmente se voleva che grigliasse delle bistecche o del pollo per cena.

Ma nel momento in cui le domandò se voleva parlarne subito, o calmarsi un po' prima di farlo, perse la testa.

«Calmarmi?» chiese stupita. «Non l'hai detto, vero?»

Rocket incrociò le braccia sul petto, appoggiò un fianco contro il meraviglioso ripiano di marmo nella sua cucina perfetta, nella sua casa perfetta, ed ebbe il coraggio di sorriderle come se fosse divertente da morire.

«Dormire con me non ti dà il diritto di prendere il controllo della mia vita.»

Ne stava facendo troppo un dramma, ma il suo commento ai vicini della nonna le aveva dato davvero fastidio e non riusciva a smettere di pensarci.

«Lo so» disse lui con calma.

Per qualche ragione invece di farla arrabbiare di più, il fatto che non rispondesse a tono l'aiutò effettivamente a tenere a freno il suo temperamento. Gli passò accanto e prese una bustina di tè dall'armadietto.

Rocket si allungò e premette il pulsante sul bollitore per riscaldare l'acqua. «Vai a sederti, te lo preparo io.»

Annuendo, Jayme andò sul divano e lo osservò prepararle il tè, proprio come ogni sera. Faceva ogni giorno un sacco di cose premurose per lei.

All'inizio non era sicura che rimanere con lui tutto il tempo avrebbe funzionato a lungo. Era così abituata a vivere da sola. Ma Rocket aveva reso la transizione perfetta. Non si era nemmeno trasferita a casa sua consapevolmente, praticamente era rimasta lì dopo quella prima notte. Le piaceva stare con lui, e persino gironzolare nei suoi spazi quando era al lavoro le sembrava... giusto. Faceva visita alla nonna ogni giorno, ma poi tornava lì e preparava la cena. E faceva tanti dolci. Le piaceva inventare nuove ricette e intrugli da fargli provare.

Apprezzava anche che non si entusiasmasse sempre per ogni creazione. C'erano alcune volte in cui suggeriva cose che secondo lui non andavano bene; di mettere più cioccolato nei biscotti o meno noci o qualcosa del genere.

E non poteva negare quanto sentisse *giusto* dormire tra le sue braccia.

Jayme non aveva mai trovato una sintonia così immediata con un uomo.

Proprio per quello l'aveva infastidita così tanto che avesse preso decisioni per la sua panetteria senza prima discuterne con lei. Non che quello che aveva detto ai vicini di sua nonna fosse scritto sulla pietra o altro; sapeva di poter fare ciò che voleva con gli ordini speciali, ma la turbava davvero che si fosse comportato come se ciò che aveva detto fosse legge.

Rocket si avvicinò al divano e le porse una tazza fumante del suo tè preferito alla mela e cannella poi, invece di sistemarsi sull'enorme poltrona, si sedette accanto a lei.

Proprio attaccato a lei; le loro gambe erano praticamente appiccicate.

Lo guardò accigliata e si spostò, mettendo un po' di spazio tra loro. Ma lui si mosse semplicemente insieme a lei, eliminando la distanza che aveva guadagnato.

«Rocket, sono ancora arrabbiata con te. Puoi farti in là?»

«No» rispose senza esitazione. «So che sei incazzata e voglio parlarne. Non voglio lasciarti allontanare perché non c'è altro posto al mondo in cui vorrei essere se non al tuo fianco.»

Ok, aveva detto una bella cosa... ma era comunque infastidita. Sospirò e decise di togliersi il pensiero. «Va bene. Sto ancora elaborando i dettagli della panetteria. Anche se ho già un piano aziendale di base su cui ho lavorato a Seattle, non ho ancora deciso cose come la lista dei prodotti, le scorte o come mi comporterò con gli ordini speciali. Perché hai detto ad Aspen e Kane che ne avrei accettati solo pochi al giorno?»

Rocket fece un respiro profondo. «Giusto. Ho sconfinato, lo so. Ma l'ho fatto in buona fede.»

Jayme rimase in attesa e quando lui non continuò, sollevò le sopracciglia. «E?»

«Negli ultimi due mesi, sono stato più felice di quanto non fossi da molto tempo.»

Le sue parole davano una bella sensazione, ma non spiegavano perché avesse fatto sembrare di saperne più di lei riguardo alla sua attività.

«Prima che tu entrassi nella mia vita, non avevo molte prospettive davanti a me. Mi piace il mio lavoro, vado d'accordo con i miei colleghi, mi entusiasma quando scopro un problema con un motore e lo risolvo. Ma ogni giorno era sempre uguale all'altro. Mi alzavo, mi allenavo, facevo colazione, andavo al lavoro, poi tornavo a casa, mangiavo cibo da asporto e magari armeggiavo un po' in garage prima di andare a dormire. Di tanto in tanto uscivo con i colleghi, ma dato che la maggior parte di loro ha famiglia, succedeva raramente. Quando ho incontrato Winnie al supermercato, mi ha dato qualcosa da fare oltre a stare qui ad annoiarmi.

Poi, quando ti ho vista quella prima volta a casa sua, è scattato qualcosa dentro di me. Eri divertente e bellissima, e fin dal primo giorno non sono più riuscito a smettere di pensarti. Parlare con te era diventato il momento migliore delle mie giornate. Non vedevo l'ora di tornare a casa dal lavoro per controllare i messaggi o chiamarti. Suona tutto patetico e lo so, ma è la verità.»

Le sue parole la toccarono profondamente. Non

sapeva cosa c'entrasse la sua confessione con ciò che era successo quel giorno, ma era quasi impossibile rimanere arrabbiata con lui quando era così dolce. «Sono sicura che hai frequentato delle donne» disse Jayme con calma.

Rocket scosse la testa. «Non proprio. Forse invecchiando sono diventato esigente, ma non ho mai sentito una connessione con nessuna di quelle che ho incontrato. Alcune erano troppo disperate di trovare qualcuno che si prendesse cura di loro, altre non erano interessate a nulla di serio. Alcune volevano solo sesso, e altre erano solo delle stronze che pensavano che qualsiasi uomo con cui uscivano avrebbe dovuto mettersi in ginocchio e ringraziare la sua buona stella di stare con loro. Tu non eri *nessuna* di quelle cose. Eri timida, un po' goffa, nervosa e ambiziosa. Non stavi cercando un marito... e nemmeno qualcuno da frequentare.»

Jayme ridacchiò. «Wow, non mi fa sembrare molto attraente.»

Le sorrise. «Invece *sì*. Fidati. Comunque, ora posso svegliarmi con te tra le mie braccia. Guardare il tuo sorriso. Ascoltare la tua risata. Assaporare la tua gioia di vivere. Vado al lavoro di buon umore e qualunque cosa accada mentre sono lì, so che alla fine della giornata potrò stare con te. Entro qui e la sento come una vera casa per la prima volta da quando mi sono trasferito. Quando ti vedo in cucina con un grembiule intorno alla vita, non riesco a credere a quanto sono fortunato. E non intendo solo perché cucini la cena e i dolcetti per me. È perché ci sei *tu*. Non mi importerebbe se mi dicessi che non mi cucinerai altri pasti, fintantoché posso tornare a casa da te.

E amo che tu stia lavorando per raggiungere il tuo obiettivo e aprire la panetteria. Sono così orgoglioso di te che il mio cuore riesce a malapena a sopportarlo. Il Warm Delights sarà un successo, lo so. Come può essere diversamente con il tuo entusiasmo e la tua eccitazione? E... quando Aspen mi ha chiesto se avresti preso ordini speciali, ho avuto una visione immediata del futuro. Di te che ti alzi alle quattro del mattino... e non torni a casa prima delle dieci di sera. O che stai lì fino a tardi ogni giorno perché hai troppe torte di compleanno da preparare. O di un'altra infornata di biscotti da fare per qualcuno che ha ordinato all'ultimo minuto per una cerimonia di pensionamento.

Ho avuto un'immediata fitta di *gelosia*. È stupido. Lo so. Ma il pensiero che tu lavori giorno e notte, e di non riuscire a passare tanto tempo con te... mi ha fatto male. Non sono sessista; so che io lavoro tutto il giorno e non ho problemi se tu fai lo stesso. Ma voglio che le serate siano *nostre*. Non so cosa pensi di fare per quanto riguarda gli orari di apertura, ma odio pensarti a lavorare quattordici ore al giorno. Pensavo solo che se avessi limitato gli ordini speciali, avresti potuto lasciare gestire il resto a un responsabile e ai dipendenti e tornare a casa a un'ora ragionevole.

Mettere dei limiti è *davvero* una buona strategia di marketing. Se i clienti sanno che non possono fare un ordine ogni volta che ne hanno voglia, il valore di ciò che fai aumenterà. Ma sì... sono stato fuori luogo con le mie ipotesi, e ovviamente puoi fare ciò che vuoi con il Warm Delights. Ma l'ho detto solo perché ti amo e voglio passare più tempo possibile con te.»

L'irritazione di Jayme svanì con ogni parola che usciva dalla bocca di Rocket. Come poteva essere arrabbiata perché il suo ragazzo voleva passare del tempo con lei? Sì, *era* stato fuori luogo dicendo ai vicini di sua nonna come avrebbe gestito la sua attività, ma l'aveva detto per un bisogno emotivo... e, doveva ammetterlo, anche perché aveva un forte acume negli affari.

Poi si rese conto delle ultime parole che aveva espresso. «Mi ami?»

«Più di quanto avrei mai pensato di poter amare qualcuno» rispose.

E all'improvviso, fu contenta che non le avesse permesso di mettere spazio tra loro. Posò il tè sul tavolino davanti a lei e gli si gettò praticamente addosso. Lui l'afferrò, ovviamente, e la tenne stretta a sé.

«Ti amo anch'io» mormorò nel suo collo.

Lo sentì stringere le braccia intorno a lei prima di strofinare le labbra sul suo orecchio. «Abbastanza da perdonarmi per aver parlato a sproposito?»

Jayme si tirò indietro per poterlo guardare negli occhi. «Ovvio. Non c'è niente da perdonare. Anche se vorrei chiederti di parlarne con me prima di annunciare agli altri come gestirò la mia attività.»

«Assolutamente.»

Dio, amava quell'uomo. Avrebbe dovuto sapere che non stava cercando di prendere il controllo e le decisioni senza che lei fosse d'accordo. E doveva ammettere che era una buona mossa di marketing limitare il numero di prodotti speciali che produceva ogni giorno, perché probabilmente avrebbe fatto proprio come lui prevedeva... sarebbe rimasta al lavoro finché tutto non fosse stato a posto. «Non dico che voglio preparare la cena ogni sera per il resto della vita, ma per ora mi piace la nostra routine. Mi piace essere qui quando torni a casa. Non vedo l'ora di sentire il tuo pick-up arrivare sul vialetto. Non è esattamente un sacrificio lavorare nella tua cucina.»

«Forse potresti insegnarmi un po' le basi, così potrei fare qualcosa di più di una semplice bistecca o pollo alla griglia.»

«Ti piacerebbe?» gli chiese.

«Sì, se sarai tu la mia insegnante» rispose.

Iniziarono subito a passarle per la mente delle ricette facili. Sospettava che sarebbe stato divertente insegnargli a cucinare. «Ci sto.»

«Magari non proprio in questo momento» disse Rocket, abbassando la testa e leccandole il collo prima di mordicchiarlo dolcemente.

«No? Hai qualcos'altro in mente?» gli chiese, con un enorme sorriso stampato in faccia.

«Forse. Ma se sei stanca, o sei ancora irritata con me, possiamo lasciar perdere.»

«Non sono né stanca né irritata con te» ribatté lei, allargando le gambe mentre la mano di Rocket si faceva strada dal ginocchio verso l'interno coscia.

Senza avvisarla, si alzò in piedi e si chinò per caricarsela in spalla.

Jayme strillò ridendo e si aggrappò al suo sedere mentre la portava verso le scale. «Non lasciarmi cadere!» esclamò.

«Mai» le giurò.

Un'ora dopo, Jayme era a letto completamente senza forze. Rocket aveva superato se stesso, mostrandole esattamente quanto l'amava. Era venuta due volte e poi avevano fatto l'amore in più posizioni di quante ne potesse contare. Non aveva idea di come fosse riuscito a durare tutto quel tempo prima di perdere il controllo e venire, sprofondato nel suo corpo.

Avevano smesso di usare il preservativo di recente e prendeva la pillola. Amava che non dovesse uscire da lei subito dopo aver fatto l'amore. Non avrebbe mai pensato che fosse un uomo a cui piaceva stare accoccolato, ma dopo essere venuto la stringeva sempre contro il suo cuore che batteva furiosamente, strofinandole il naso sulla pelle sensibile del collo mentre si riprendevano.

In quel momento era sdraiata sul suo petto, il suo cazzo semi-morbido ancora dentro di lei, godendosi i postumi dell'amplesso, quando il suo stomaco brontolò rumorosamente nel silenzio della stanza.

Rocket iniziò subito a ridacchiare, il che lo fece scivolare fuori dal suo corpo. Jayme sollevò la testa e lo guardò accigliata, facendolo ridere ancora di più.

«Scusa, amore, non sto ridendo di te» le disse.

Le piaceva sentirlo chiamarla "amore", ma arricciò il naso. «Ehm, mi permetto di dissentire. Stai *decisamente* ridendo di me» ribatté.

«Va bene, è vero. Ma sei troppo adorabile. Resta qui» le ordinò, mentre la sollevava con facilità come sempre e si spostava da sotto di lei.

«Dove stai andando?» gli chiese facendo il broncio, avrebbe voluto restare ancora accoccolata con lui.

«A preparare la cena.»

«Non sono sicura di volere una bistecca in questo momento» gli disse completamente seria, dato che era praticamente l'unica cosa che sapeva fare.

«Niente bistecca. Fidati di me. Voglio ritornare vicino al tuo bellissimo corpo nudo il prima possibile. Arrivo subito.»

Lo guardò andare all'armadio. Negli ultimi due mesi, la maggior parte dei suoi vestiti era migrata nei suoi cassetti e in quell'armadio. Aveva vissuto con una valigia al seguito fino a quando Rocket non le aveva detto: «Ho spostato la mia roba per far spazio alla tua.» Ed ecco fatto.

Si infilò solo un paio di boxer, poi le fece un piccolo cenno con il mento prima di uscire dalla camera.

Jayme si lasciò ricadere sul materasso con un sospiro e fissò il soffitto. Le faceva quasi paura quanto amasse Rocket. Certo, a volte poteva essere irritante, ma nemmeno lei era esattamente Miss Simpatia tutto il tempo. Pensava che avessero fatto un ottimo lavoro nell'imparare a vivere insieme dopo che erano stati entrambi single per così tanto tempo.

Il ventilatore sopra la sua testa girava pigramente e aveva un effetto ipnotico... si svegliò di soprassalto quando Rocket tornò. Non aveva idea per quanto tempo avesse sonnecchiato.

Si raddrizzò a sedere e lo guardò avvicinarsi al

letto con un grande piatto. Si sistemò i cuscini dietro la schiena e tirò su il lenzuolo per coprire la sua nudità, sorridendogli mentre lui lo posava sulle coperte e si sistemava accanto a lei.

Si chinò e la baciò prima di indicare il contenuto. «Ho fatto uno di quei fantasiosi piatti di antipasti.»

Aveva tagliato del formaggio, affettato del salame, aggiunto dell'uva, del melone, dell'anguria e delle olive nere, e aveva messo i cracker Cheez-It tutt'intorno al piatto. «È un mini tagliere di salumi!» esclamò Jayme ridendo.

Lui scrollò le spalle. «Se è così che vuoi chiamarlo... spero che vada bene.»

Si voltò subito verso di lui. «È perfetto. Grazie.»

«Be', non è degno dello chef Jayme Caldwell, ma migliorerò.»

«Non puoi migliorare» gli disse seria. «Sei già perfetto.»

«Ben lontano dall'esserlo, ma farò del mio meglio per cercare di non deluderti mai.»

«Non lo farai» sussurrò lei.

«Lo farò» ribatté Rocket. «Ma quando succederà mi scuserò e prometterò di impegnarmi di più. Come ho fatto oggi.»

«Ti amo» gli disse.

«E io amo te.» Prese il piatto e lo tenne in equilibrio sulle ginocchia, mettendole un braccio intorno alla vita e attirandola a sé. «Cosa vorrebbe assaggiare per prima mademoiselle?»

Ridacchiando, Jayme prese un chicco d'uva e se lo mise in bocca. Non sapeva cosa riservasse loro il futuro, ma sperava che sarebbero stati sempre felici come in quel momento. Non avrebbe mai voluto andare a letto arrabbiata ed era contenta che lui avesse insistito per parlare non appena tornati a casa.

Aveva bisogno di quell'uomo nella sua vita... ed era davvero grata che Winnie li avesse fatti incontrare.

CAPITOLO OTTO

ROCKET SI APPOGGIÒ a una parete del Warm Delights, che presto avrebbe aperto, e sorrise guardando Jayme dare indicazioni al ristrutturatore che aveva assunto. La compravendita del negozio si era conclusa senza intoppi tre settimane prima e lei avrebbe aperto la panetteria dopo Natale. Era stata occupata a organizzarsi con i venditori, a fare pubblicità e a creare il negozio esattamente come lo desiderava.

Amava assistere al suo entusiasmo e si ripromise di fare tutto il necessario per assicurarsi di contribuire a tenerlo vivo. Quella mattina aveva fatto alcuni colloqui e gli aveva detto di essere quasi pronta a decidere chi assumere. Rocket era riuscito a uscire prima per portarla fuori a cena a festeggiare.

Era passato anche il giorno del Ringraziamento e

ultimamente Jayme aveva lavorato molto duramente, e voleva che si prendesse un po' di tempo per sedersi e rilassarsi. Rocket non poté fare a meno di sorridere ripensando alla sera in cui aveva firmato i documenti del negozio. Era stata eccitatissima, e non ricordava che avesse mai sorriso o riso così tanto mentre facevano l'amore.

Lei era la donna che aveva sognato nei suoi giorni più solitari. Quando aveva pensato al tipo di persona con cui avrebbe voluto passare la vita, era stata esattamente una come lei. Non si lasciava abbattere dalle cose, era sempre ottimista, divertente, sensuale e premurosa. Rocket era stato dannatamente fortunato e lo sapeva. Voleva essere la sua roccia, la persona a cui si sarebbe rivolta quando era felice, triste, spaventata. Voleva essere tutto per lei.

Così, aveva parlato con il suo capo ed era riuscito a prendersi il pomeriggio libero in modo da poter essere lì quando si sarebbe incontrata con il ristrutturatore. Aveva già fatto dei lavori e ne erano rimasti soddisfatti, quindi ora stava discutendo la seconda fase della sua visione per la panetteria.

Jayme lanciò un'occhiata dietro all'uomo, incrociò lo sguardo di Rocket e gli sorrise. Lui ricambiò e aspettò che finisse di spiegare con entusiasmo ciò che voleva fare, dove, e quali colori voleva che venissero utilizzati.

Venti minuti dopo, il ristrutturatore disse che avrebbe preparato alcuni disegni da mostrarle entro una settimana. Lei gli strinse la mano e andò da Rocket mentre l'altro se ne andava. Si avvicinò e appoggiò la testa sul suo petto.

Lui l'abbracciò e le chiese: «Felice?»

«Moltissimo» rispose, ma stranamente, si liberò dalle sue braccia e andò alla porta.

Rocket si raddrizzò, chiedendosi che problema ci fosse, e la guardò chiudere a chiave e tornare verso di lui.

Quando fu abbastanza vicina, lo prese per mano e iniziò a trascinarlo verso il fondo del locale, nella zona della cucina. Confuso, le chiese: «Tutto bene, amore?»

«Benissimo» rispose vivacemente, fermandosi davanti all'enorme piano di lavoro che aveva fatto installare. Era abbastanza grande da permettere a più persone di stendere la pasta contemporaneamente. Qualcuno avrebbe potuto decorare una torta su un lato, mentre qualcun altro preparava biscotti, cupcake o altro. Era di marmo grigio, e Rocket non poteva fare a meno di essere lusingato che rispecchiasse il bancone della sua cucina. Jayme gli aveva detto che la amava così tanto che non riusciva a immaginare niente di meglio che copiare il design nel negozio.

Saltò sul bancone e gli mimò con il dito di avvicinarsi. «Ultimamente ti ho detto quanto abbia apprezzato il tuo aiuto per far partire la panetteria?»

«Sì» le rispose. «E nonostante ci fidiamo del ristrutturatore, non mi piace molto saperti qui da sola con lui.»

«Rocket, ha circa sessantacinque anni, non credo che mi sarebbe saltato addosso mentre spiegavo cosa volevo per lo spazio pubblico del negozio.»

«Non importa.» Ed era vero. Non pensava che l'uomo avrebbe fatto del male a Jayme, ma non era nemmeno disposto a correre il rischio. «Inoltre, volevo solo passare un po' di tempo con te oggi. Mi sento come se non ci vedessimo mai ultimamente.»

«Lo so» concordò, attirandolo verso di sé. Allargò le gambe e agganciò le caviglie dietro la sua schiena. «Anche tu hai lavorato molto duramente. Tutto bene?»

«Sì. Alcune unità si stanno preparando per andare in missione dopo le feste e stiamo facendo gli straordinari per assicurarci che gli elicotteri siano in condizioni perfette.»

«Sono orgogliosa di te» gli disse, e Rocket sentì il suo petto gonfiarsi.

Gli piaceva renderla orgogliosa. Era una bella sensazione. «Allora? Avevi qualcosa in mente quando mi hai trascinato qui?»

Gli fece un sorrisetto. «Forse» rispose timidamente.

Rocket *adorava* quando diventava così. La desiderava praticamente ogni minuto di ogni giorno, ma faceva il possibile per tenere a freno la sua libido in modo da non sopraffarla. Di solito per il sesso non faceva lei la prima mossa, ma quando succedeva, i loro amplessi erano sempre sfrenati.

«Qui?» le chiese, volendo assicurarsi che si sentisse a suo agio. Avevano già fatto l'amore lì, ma era stato subito dopo che aveva comprato l'edificio e non c'era niente dentro a parte ragnatele e alcuni pezzi di mobili strani.

«Voglio pensare a te ogni volta che sono qui. Quando metto la glassa su una torta, voglio pensare alle tue mani su di me. Quando sto stendendo l'impasto per il pane, voglio ricordare lo sguardo nei tuoi occhi quando raggiungi l'orgasmo. Quindi sì, Rocket. Qui.»

«Cazzo, ti amo» disse con adorazione, poi afferrò l'orlo della maglietta e gliela sfilò dalla testa.

Jayme rise e si appoggiò indietro sulle mani, spingendo fuori il seno. Rocket era contento che avesse perso molta della timidezza nei suoi confronti da quando stavano insieme. Adorava la sua bellezza e si assicurava di dirglielo ogni giorno.

Sganciò le caviglie intorno alla sua vita e allargò le

gambe il più possibile prima di sdraiarsi sul marmo freddo.

«Sembra che ci sia un banchetto organizzato solo per me» scherzò lui.

Sollevò la testa ridacchiando. «Solo per te. Sempre per te.»

Rocket si sbottonò in fretta i pantaloni e aprì la cerniera. Le sfilò i jeans e le mutandine dalle gambe, e la sua risatina si trasformò in un gemito quando le sollevò il sedere con le mani e abbassò la testa.

———

Un'ora e mezza dopo salirono in auto. Rocket non ricordava di essere mai stato così felice e soddisfatto. L'anello che aveva comprato un paio di mesi prima gli bruciava in tasca, per così dire. Avrebbe voluto chiederle di sposarlo un centinaio di volte da quando l'aveva acquistato, ma voleva anche che la proposta fosse un momento che avrebbe ricordato per sempre. E non era riuscito a pensare a niente di soddisfacente.

Odiava quella leggera insicurezza, ma non voleva che si sentisse mai tradita riguardo a niente nella loro relazione. Voleva darle una storia da poter tramandare ai loro bambini.

Bambini. Dio, voleva vedere i suoi bellissimi occhi azzurri su una figlia. Sperava che ereditassero il suo sorriso, il suo naso, il suo incarnato. Li amava già più di quanto avrebbe mai potuto esprimere, e non avevano nemmeno parlato molto di volere dei bambini... un giorno.

«Rocket?».

«Sì, amore?»

«Grazie per aver creduto in me.»

«Sempre» le disse con fervore.

«So che l'edificio costa una fortuna, e che ci vogliono un'esagerazione di soldi anche per rinnovare gli interni e adattarli alla mia visione, ma significa molto per me che tu non mi abbia detto nemmeno una volta che sono ridicola. Che forse avrei dovuto essere più moderata finché non avessi visto se la panetteria avrebbe avuto successo.»

Rocket le prese la mano e la strinse forte. «Primo, se facessi le cose a risparmio, le persone se ne accorgerebbero e non ti prenderebbero sul serio. Secondo, non sei affatto ridicola. Sono i tuoi soldi, che hai risparmiato per molto tempo, e sarei un idiota se iniziassi a ordinarti come spenderli. E terzo, non c'è un "se" per quanto riguarda il Warm Delights, avrà successo. Vuoi sapere come lo so?»

«Come?» gli chiese con gli occhi pieni di lacrime.

«Perché ho mangiato le tue delizie e sono dannatamente fenomenali. Chiunque ordini qualcosa al tuo negozio diventerà immediatamente un cliente abituale. Prevedo che entro sei mesi dall'apertura, avrai riempito ogni slot di ordini speciali con mesi di anticipo. Dovrai assumere altro personale e pensare anche a espanderti.»

Le lacrime iniziarono a scenderle sulle guance. «Non so se sarà così, ma la tua fiducia in me significa tantissimo.»

Rocket sollevò la mano e le asciugò con delicatezza una lacrima dalla guancia. «*Tu* significhi tantissimo per me» disse semplicemente. «Ora, smettila di piangere o mi farai venire un complesso. Ti ho appena regalato tre orgasmi e sono venuto con così tanta intensità che ho visto le stelle. Voglio andare a casa, prepararti una tazza di tè e parlare dei nostri programmi per le prossime settimane. Brain e Aspen ci hanno invitato a festeggiare le festività natalizie un fine settimana con il loro gruppo. I tuoi genitori hanno parlato di venire qui in Texas per una visita, e probabilmente dovrei invitare anche i miei. Poi Winnie vuole fare una festa anche per i suoi amici. Sono sicuro che vorrai preparare qualcosa per tutti questi ritrovi, quindi dobbiamo capire come organizzarci.»

Per quando finì di parlare, Jayme si era ripresa. Amava quando diventava tutta tenera ed emotiva, ma odiava vederla piangere. Sapeva che parlare delle imminenti festività le avrebbe dato una scossa, e sorrise quando annuì e prese subito il telefono. Le prossime settimane sarebbero state frenetiche, ma non poteva essere più felice.

Aveva sempre trascorso le feste da solo mentre ora, con Jayme, aveva in programma più attività sociali di quanto avrebbe mai potuto immaginare. Ma non avrebbe cambiato nulla della sua vita, soprattutto se avesse significato non averla al suo fianco.

CAPITOLO NOVE

JAYME ERA AL SETTIMO CIELO. Il Warm Delights era pronto ad aprire il due gennaio. Era il ventitré dicembre e si trovava a casa di sua nonna a preparare un'abbondante cena di Natale. Nelle ultime settimane, lei e Rocket avevano partecipato a parecchi ritrovi. Aveva fatto biscotti, pane, pasticcini e torte. Aveva anche preparato un plumcake di frutta candita e noci su richiesta della nonna.

I suoi genitori avevano trascorso alcuni giorni con loro, per conoscere Rocket e mettersi al passo con la vita della figlia. Avevano apprezzato e fatto complimenti sulla sua panetteria e detto quanto fossero orgogliosi di lei. Erano andati in visita anche la mamma e il papà di Rocket. Lui non era molto legato alla sua famiglia come lei, ma in seguito aveva detto che era stato bello aver almeno provato a riconnettersi con loro.

Avevano partecipato a una grande festa dai vicini della nonna e Jayme si era davvero divertita a conoscere gli amici di Aspen e Kane. Gli uomini erano tutti muscolosi e forti, e le era piaciuto vedere quanto fossero affettuosi con le loro compagne.

Tutto sommato, dicembre era stato un mese fantastico, ma era pronta a rintanarsi in casa per qualche giorno con Rocket. Erano stati così tanto in giro che non avevano avuto molto tempo da passare da soli. Avevano deciso che dopo la cena di quella sera, non avrebbero fatto altro che stare insieme fino al ventisette.

Niente lavoro per nessuno dei due. Niente visite alla nonna (sebbene Jayme le avrebbe telefonato ogni giorno per assicurarsi che stesse bene), e niente pensare a tutto ciò che c'era ancora da fare prima di aprire il Warm Delights. Sarebbero stati solo loro, a godersi la reciproca compagnia e a sentirsi amati.

Ma prima dovevano festeggiare il Natale con la nonna.

Rocket era stato chiamato al lavoro per una riparazione d'emergenza su uno degli elicotteri e si era scusato un centinaio di volte prima che Jayme lo cacciasse di casa. «Prima vai, prima torni» gli aveva detto.

«Grazie per la comprensione.»

«Figurati. Ci saranno momenti in cui probabilmente dovrò andare in panetteria nel mio tempo libero per qualche catastrofe. Inoltre, nonostante tu abbia imparato molto, mi sei d'intralcio in cucina. Vai, e quando tornerai, ci sarà una bella cena di Natale ad aspettarti.»

«Ti amo» aveva detto Rocket chinandosi e baciandola sulla fronte.

«Ti amo anch'io.»

In quel momento lei e la nonna stavano parlando vivacemente della classe di Jazzercise che stava frequentando. Era specifica per gli anziani; si muovevano a tempo di musica seduti sulle sedie.

«Penso che dovresti venire con me una volta» le disse la nonna.

Jayme alzò gli occhi al cielo. «Non credo proprio.»

«Sarebbe divertente.»

La loro idea di divertimento era molto diversa, ma per togliersi d'impiccio le disse: «Ci penserò.»

Winnie si voltò verso di lei con le mani sui fianchi. «No, non lo farai. Lo dici solo per farmi stare zitta.»

Non poté fare a meno di ridere. «È vero. Funziona?»

«No» borbottò lei.

Continuò a ridacchiare. «Mi passi il latte, per favore?»

La nonna si acigliò. «Il latte?»

«Sì, quella roba che viene dalle mucche, sai? Ho deciso di raddoppiare la quantità di biscotti perché voglio assicurarmi che ti bastino fino a quando non verrò di nuovo a trovarti.»

«Dio santo, bambina, quanti biscotti pensi che mangi?» le chiese.

«Ti conosco, nonna. Ti annoierai e vorrai darne ad Aspen e Kane. Poi chiamerai una delle tue amiche per organizzare di trovarvi. Ne regalerai al postino e a chiunque altro dovessi vedere. Voglio solo assicurarmi che tu ne abbia abbastanza.»

Sua nonna rise. «Giusto, ok, capisco il tuo punto. Ma sul serio, penso che starò bene per quattro giorni mentre tu e Rocket starete rintanati in casa sua.»

Jayme arrossì ma si voltò a guardarla. «Perché stai cercando di dissuadermi dal farne il doppio?»

La nonna sollevò il contenitore da due litri vuoto. «Perché abbiamo finito il latte.»

«Be', merda» disse desolata. Guardò l'orologio. «Il minimarket in fondo alla strada è ancora aperto. Corro laggiù e ne prendo un altro.»

«Perché non vai a chiedere a Kane se ne ha?»

«Perché me ne serve più di una tazza o giù di lì» rispose, mentre andava al lavello per lavarsi le mani. «Potrei aver bisogno di aggiungerne anche nel purè di patate, e Rocket potrebbe volerne un bicchiere per cena. Non ci metterò tanto.»

«Rocket dovrebbe tornare presto. Potresti mandargli un messaggio e chiedergli di passare a prenderlo» suggerì Winnie.

«Non voglio disturbarlo. Ci vorranno solo una decina di minuti» rispose allegramente. «Mescola il sugo mentre sono via e controlla il tacchino. Non dovrebbe ancora servire togliere il foglio di alluminio che lo copre, ma dagli comunque un'occhiata.»

«So cucinare, signorina» le disse un po' stizzita. «Chi pensi che ti abbia insegnato?»

Jayme si chinò e la baciò sulla guancia. «Tu. E ok, torno subito. Ti voglio bene.»

«Ti voglio bene anch'io» replicò, mentre lei prendeva le chiavi della macchina che Winnie aveva ancora ma non guidava più molto.

Dieci minuti dopo, avrebbe voluto aver seguito il consiglio di sua nonna e mandato un messaggio a Rocket invece di precipitarsi lei stessa al negozio.

———

Rocket era contento che il problema al lavoro non fosse stato molto difficile da risolvere. Era un po' seccato che lo avessero disturbato, ma non disse nulla al capitano che lo aveva accolto in officina quando era arrivato. Era grato di avere un lavoro che amava, anche se lo teneva lontano dalla sua ragazza più di quanto gli piacesse.

Pensò che una volta aperto il Warm Delights, lui e Jayme avrebbero avuto ancora meno tempo da passare insieme, anche se lei aveva deciso di chiudere alle quattordici tutti i giorni. Avrebbe aperto alle cinque del mattino e usato il tardo pomeriggio per preparare gli ordini speciali per il giorno successivo. Avrebbe dovuto essere a casa quasi sempre per l'ora di cena, così avrebbero trascorso insieme tutte le sere.

Almeno quello era il piano, ma Rocket sapeva che quando la panetteria avesse cominciato ad avere più successo, probabilmente avrebbe dovuto rivedere i suoi orari. Ma poteva sempre assumere altro personale e stare più a casa. Avrebbe dovuto darle una dannata buona ragione per far sì che decidesse di non lavorare fino a tardi.

Sorrise parcheggiando nel vialetto di Winnie. Andò alla porta e bussò prima di entrare. All'interno c'era un profumo delizioso e il suo stomaco iniziò subito a brontolare. Non si era ancora abituato al fatto che da quando aveva incontrato Jayme ormai mangiava sempre bene. Nonostante lei affermasse che il suo forte erano i dolci e i prodotti da forno, era anche una bravissima cuoca.

«Ehi, Winnie» disse, quando entrando in cucina la vide vicino ai fornelli.

«Ciao, Rocket. Tutto bene al lavoro?»

«Sì. Dov'è Jayme?»

«Ha deciso che avevo bisogno di duecento biscotti invece che di uno solo e abbiamo finito il latte, così è corsa al minimarket per comprarne altro.»

«Perché non mi ha scritto così mi sarei fermato io?» chiese, aggrottando la fronte.

Winnie rise. «È quello che le ho detto anch'io, ma ha risposto che ci sarebbero voluti solo pochi minuti.»

«Va bene. Le vado incontro.»

«Sono sicura che tornerà subito» protestò lei. Alzò lo sguardo sull'orologio appeso alla parete della cucina. «Se n'è andata solo qualche minuto fa.»

«Se la incrocio, faccio inversione e la seguo fino a casa.» Non capiva perché sentisse il pressante bisogno di andare al negozio. Gli era mancata, ma succedeva sempre mentre era al lavoro.

«Fai attenzione» gli disse, mentre lui andava alla porta d'ingresso.

«Certo.»

Tornò di corsa al pick-up e percorse la strada verso il piccolo negozio all'inizio del quartiere di Winnie. C'erano alcune macchine nel parcheggio e vide la vecchia Buick.

Scese e si avviò verso la porta, elettrizzato di vedere lo sguardo di sorpresa, e probabilmente un po' d'irritazione, sul viso di Jayme quando l'avrebbe visto. Sapeva che amava quando si prendeva cura di lei, ma doveva ammettere che era un po' esagerato non aspettare che tornasse dal negozio. In sua difesa però, era ansioso che iniziasse la loro mini vacanza di quattro giorni. Non vedeva l'ora di averla tutta per sé da settimane ed era un po' risentito di non aver passato molto tempo con lei a causa del lavoro.

Mentre apriva la porta del minimarket, stava ancora pensando alla reazione di Jayme così ci mise un po' per rendersi conto di cosa stesse succedendo.

Quando entrò, tre uomini vestiti tutti di nero si voltarono a fissarlo. Uno teneva una pistola contro l'adolescente alla cassa, un altro era vicino a un gruppo di clienti in una delle corsie, e il terzo era più indietro, vicino a Jayme e al banco frigo.

I tizi sembravano giovani, probabilmente tra i diciotto e i vent'anni. Portavano delle bandane sul viso ma non indossavano guanti.

«Merda!» imprecò il ragazzo nella corsia.

Rocket si mosse prima di pensarci consapevolmente. Aveva occhi solo per una persona: l'uomo con la pistola vicino a Jayme. Il tipo alla cassa sarebbe stato più vicino, ma il pensiero di provare ad affrontarlo non lo sfiorò nemmeno. Si accucciò dietro a un bancone e andò verso di lei. Era stupido, lo sapeva, ma il suo cervello era andato in corto circuito. Era concentrato solo a raggiungere la donna che amava.

Ci fu uno sparo e urla forti risuonarono nel piccolo negozio. Si sentirono altre imprecazioni e il rumore di scaffali che venivano rovesciati e oggetti che cadevano a terra. Ma Rocket non si guardò intorno, il suo obiettivo era Jayme.

Arrivò in fondo alla corsia e fissò il teppista vicino a lei. Si era girato verso il gruppo di donne che urlavano nella parte anteriore del negozio. Da quello che poteva vedere, avevano aggredito uno degli aspiranti rapinatori. Partì un allarme, ovviamente attivato dal commesso. Il terzo uomo armato urlò un "fanculo" e scappò di corsa verso la porta.

Nel negozio c'era il caos più completo e l'ultima cosa che voleva era che il bastardo vicino a Jayme iniziasse a sparare per cercare di ottenere il controllo. Proprio mentre lo pensava, l'uomo sollevò la mano che reggeva l'arma.

Il suo cuore quasi smise di battere quando lo vide voltarsi verso di lei. Gli tremava la mano come se fosse spaventato a morte, ma prima che Rocket potesse fare qualcosa, un lampo di luce apparve dalla canna della pistola.

Si lanciò su di lui. Andarono a sbattere contro il pavimento duro e il giovane perse la presa sull'arma, che schizzò via. Senza esitazione, gli tirò un pugno. Poi un altro. Poi un altro ancora. Il bastardo aveva osato puntare una pistola contro Jayme. Le aveva sparato. Nessuno faceva una cosa del genere e se la cavava. Non davanti ai suoi occhi.

L'uomo sotto di lui cercò di reagire, ma non poteva competere con la stazza, la forza e la rabbia di Rocket.

«Rocket! Fermati! È svenuto.»

La sentì a malapena. L'adrenalina gli scorreva nelle vene e non riusciva a togliersi dalla mente l'espressione di assoluto terrore di Jayme.

Fu solo quando percepì una mano sul viso, un tocco che riconosceva fin dentro l'anima, che si fermò con il pugno a mezz'aria e pronto a colpire di nuovo la faccia dello stronzo.

«Rocket, sto bene. Stiamo tutti bene.»

Sollevò gli occhi e vide la sua Jayme guardarlo con un misto di preoccupazione e terrore sul viso.

Bastò quello. Si scostò dal teppista svenuto sul pavimento e la attirò a sé. Lei si lasciò prendere senza esitazione. Senza pensarci due volte. Si premette contro di lui come se avesse potuto incollarsi alla sua pelle e diventare un tutt'uno.

Lui sollevò un ginocchio e si spostò di fianco all'uomo lasciandosi cadere sul sedere, tenendola sempre a sé.

«Sto bene» gli mormorò contro il collo. «Sto bene.»

Non riusciva a parlare. Poteva a malapena a vedere. Percepiva solo le sensazioni. Le cose sarebbero potute andare così diversamente; le sue azioni avrebbero potuto uccidere Jayme, ma non era riuscito a fare a meno di correre verso di lei ed era quasi arrivato troppo tardi. Avrebbe potuto perderla prima ancora di iniziare a passare la vita insieme.

Udì vagamente delle persone muoversi intorno a lui. Qualcuno aveva trovato una corda e legato l'uomo che aveva sottomesso, qualcun altro era al telefono con il 9-1-1. Ma non riusciva ancora a muoversi. Era come paralizzato. Batté le palpebre aprendo gli occhi e vide che il vetro del banco frigo era in frantumi sul pavimento intorno a loro. Una donna stava piangendo istericamente lì vicino, confortata da un altro cliente. C'era il caos... e tutto quello che riusciva a fare era stare seduto dov'era e sentire il cuore di Jayme battere contro il suo petto. Non c'era mai stata una sensazione più bella in tutta la vita.

Quando Rocket era in Marina, aveva vissuto momenti di paura. C'erano state volte in cui la nave su cui lavorava era stata bloccata in mare a causa della minaccia di missili in arrivo, ma alla fine non era mai successo nulla. Non che la paura non fosse stata intensa mentre aspettavano il via libera.

Ma non era mai stato così spaventato come un minuto prima. Vedere la canna della pistola puntata contro Jayme lo aveva terrorizzato come mai in vita sua. Non poteva vivere senza di lei. Ora che l'aveva trovata, sapeva che perderla lo avrebbe reso l'ombra dell'uomo che era; lei era la sua metà migliore, lo sapeva dannatamente bene.

«Rocket?» La sentì pronunciare il suo nome, ma riuscì solo a scuotere la testa e affondare più forte il naso nella pelle vellutata tra la spalla e il collo. I suoi folti capelli gli solleticarono il viso, ma non gli importava.

«Mi stai facendo male» gli sussurrò.

Allentò subito la presa e si tirò indietro per guardarla. Quelle erano le uniche parole che potevano costringerlo a lasciarla andare. Non le avrebbe mai fatto del male, piuttosto sarebbe morto.

La prima cosa che notò fu che le sue pupille erano dilatate il doppio del normale. Il viso era pallido, e aveva la fronte aggrottata. Poi vide il sangue. Non molto, ma c'era un piccolo rivolo rosso vivo che le colava dalla tempia. «Stai sanguinando» sussurrò sotto shock.

Jayme sollevò una mano per asciugarsi il viso, ma gliel'afferrò prima che potesse toccarsi.

«È brutto?» gli chiese.

«No.» Non lo era, ma per lui era orribile vedere anche solo una goccia del suo sangue.

«Penso di essere stata colpita da un vetro quando il frigo si è frantumato» disse sommessamente.

«Non ti hanno sparato?» le chiese, rendendosi conto solo in quel momento che la prima cosa che avrebbe dovuto fare era controllare che non avesse ferite gravi.

«No. Almeno non credo.»

Rocket iniziò a far scorrere le mani sul suo corpo, controllando che non fosse stata colpita da un proiettile. Quando non trovò altro sangue e non sussultò al suo tocco, tirò un sospiro di sollievo.

«Tu stai bene?» gli chiese.

«Io?» La guardò confuso.

Gli prese una mano e la tenne con dolcezza. «Le tue povere mani» mormorò.

Non gli importava un cazzo delle condizioni delle sue mani. Per quanto lo riguardava, portava con orgoglio ogni graffio e livido. Inoltre, erano sempre piene di segni e botte a causa del suo lavoro. Per non parlare che quand'era al garage erano costantemente sporche d'olio.

«Nessuno si muova!» ordinò una voce dura vicino alla porta.

Rocket girò la testa e vide un agente di polizia sulla soglia, con un'arma in pugno.

Fece un respiro profondo e cercò di riprendere il controllo del corpo e della mente. Jayme stava bene. E anche lui. Gli agenti ci avrebbero messo un bel po' per risolvere la situazione di quella sera, ma non aveva dubbi che i video lo avrebbero scagionato per aver quasi ucciso l'uomo che era ancora privo di sensi sul pavimento.

Jayme era al sicuro. Nient'altro importava.

* * *

Cerca il prossimo libro della serie Team Delta Due, *La forza di Riley*, è disponibile ORA!

EPILOGO

Il giorno di Natale

Il venticinque dicembre Jayme si svegliò e sospirò soddisfatta, stretta tra le braccia di Rocket, proprio come quando era andata a dormire. Negli ultimi due giorni erano stati praticamente sempre appiccicati, non che le fosse dispiaciuto. Anche per la nonna era stato un duro colpo sentire quello che era quasi successo.

Jayme non avrebbe mai dimenticato lo sguardo di Rocket mentre correva verso il giovane armato più vicino a lei; totalmente concentrato a raggiungerlo per impedirgli di farle del male. Ovviamente gli sarebbe stato impossibile fermare un proiettile, ma per fortuna il tizio aveva sbagliato e il colpo era andato largo, centrando il banco frigo dietro di lei.

Vedere Rocket picchiarlo fino a fargli perdere i sensi avrebbe dovuto sbigottirla. La violenza avrebbe dovuto terrorizzarla, invece l'aveva spaventata quanto era stato difficile farlo smettere.

Soffrivano entrambi di una sorta di disturbo post-traumatico da stress a causa della rapina, e sapeva che ci sarebbe voluto un po' prima che si sentissero tranquilli a fare acquisti da qualsiasi parte. Aveva la sensazione che Rocket non le avrebbe permesso molto presto di andare in una stazione di servizio o al mini-market, ma andava bene così, nemmeno lei era impaziente di farlo.

Avevano trascorso la vigilia di Natale con la nonna e sarebbero tornati da lei anche quel giorno; aveva bisogno della rassicurazione della sua presenza e, onestamente, era un sentimento reciproco.

«Buongiorno» mormorò Rocket. «Buon Natale.»

«Buon Natale.» Non si allontanò dalle sue braccia, sollevò solo la testa per poter vedere i suoi occhi. Lo osservò studiare il suo viso e poi le spalle, come se la stesse ispezionando per assicurarsi che stesse bene.

«Come ti senti stamattina?» le chiese.

«Bene. E tu? Come vanno le mani?» Era rimasta male quando le aveva viste tutte contuse, ma lui aveva semplicemente scrollato le spalle dicendo che sarebbero guarite presto.

«Sono a posto» rispose, sistemandole una ciocca di capelli dietro l'orecchio.

Jayme aveva sempre amato le sue mani. Una volta le aveva confessato che lo mettevano in imbarazzo, soprattutto perché di solito erano sporche di olio. Ma i calli che lui odiava, davano una sensazione incredibile contro la sua pelle nuda, e il fatto che potesse afferrarle il sedere e tenerla su mentre la prendeva contro una parete o sul bancone, o in qualsiasi altro luogo, la faceva rabbrividire d'eccitazione.

E ora sapeva che con quelle mani avrebbe fatto anche tutto il necessario per proteggerla.

Ne prese una con delicatezza, ne baciò il palmo e se la mise sulla guancia appoggiando tutto il peso della testa.

«Ti amo» disse Rocket.

«Ti amo anch'io. Qual è il programma di oggi?» gli chiese.

«Ho detto a Winnie che saremmo andati lì a pranzo.»

Jayme annuì. «Lei sostiene di non amare i regali, ma non è vero.»

«Assomiglia a qualcun altro che conosco» replicò lui con un sorriso.

Poté solo ricambiare. Era vero. Adorava i regali.

Non aveva importanza di che tipo fossero. Rocket avrebbe potuto incartare una forchetta e sarebbe stata felice, ma a giudicare dalla pila di pacchetti sotto l'albero al piano di sotto, aveva esagerato.

Si staccò da lei per aprire il cassetto del comodino dal suo lato e prendere qualcosa, poi si girò di nuovo a guardarla.

Aveva in mano una piccola scatola di velluto nero.

Guardò sorpresa la scatola e poi lui. «Che cos'è?»

«Ce l'ho da mesi. Stavo cercando di trovare il momento perfetto per dartelo. Volevo darti una storia da poter raccontare ai nostri figli e nipoti, che li avrebbe lasciati a bocca aperta e fatto pensare che il loro papà e nonno fosse il migliore. Ma dopo ciò che è successo, non sono disposto ad aspettare un secondo di più. Quindi niente gesti stravaganti, né palloncini, né flash mob in cui cantano una canzone sdolcinata. Sono solo un uomo follemente innamorato di te e che non vuole aspettare per farti sua in ogni modo possibile.»

Il cuore di Jayme quasi si fermò nel petto quando lui aprì la piccola scatola e continuò.

«Ti ho aspettata per tutta la vita, Jayme Caldwell. Ti amo più di quanto potrai mai sapere. Vuoi sposarmi? Avere dei figli con me? So che questo è un momento pazzesco per te con la panetteria che apre tra una settimana, ma la vita non è mai una garanzia, penso che lo abbiamo imparato entrambi dopo ciò che è successo.»

Gli occhi di Jayme si riempirono di lacrime. «Non mi servono grandi gesti. Ho solo bisogno di te. Sì, certo che ti sposerò!»

Era già sdraiata accanto a lui, ma si gettò tra le sue braccia come meglio poté, ridendo di gioia mentre lui grugniva e l'afferrava, rotolando fino a bloccarla sotto il suo corpo facendole sentire la sua erezione contro la coscia. Rocket armeggiò con la scatola ma alla fine riuscì a tirare fuori l'anello e a farglielo scivolare al dito; era il gioiello più bello che avesse mai visto. Sollevò la mano per osservare meglio il dono che le aveva fatto. Era di classe, sebbene non tradizionale.

«Ti piace?» le chiese.

Sentendo l'ansia nel suo tono, annuì con entusiasmo. «Mi piace? Sono parole troppo insignificanti per esprimere cosa provo per questo anello. Lo adoro. È la cosa più magnifica che abbia mai visto!» rispose eccitatissima.

«Volevo regalarti qualcosa che non avresti dovuto togliere mentre cucinavi o impastavi. So che è un po' diverso dai soliti anelli di fidanzamento e sarei felice comunque di sostituirlo con qualcosa che ti piace di più, se lo desideri.»

«Niente potrebbe piacermi di più di questo anello, Rocket. È perfetto.»

E lo era. La banda di platino era larga e piatta con almeno sei diamanti incastonati in modo che non sporgessero. Anche se si fosse girata sul dito mentre lavorava non avrebbe avuto importanza, non le sarebbe stato d'intralcio. I diamanti non si sarebbero incrostati d'impasto e non avrebbe dovuto preoccuparsi di impigliarsi in qualcosa mentre era in cucina. Era ovvio che Rocket avesse riflettuto molto sul tipo di anello che sarebbe andato meglio per la sua professione. Confermava quanto bene la conoscesse.

A quel punto, i suoi occhi si riempirono di lacrime e iniziò a piangere.

«Spero che siano lacrime di felicità» disse un po' nervoso.

Jayme poté solo annuire. Lo sentì abbassarsi piano su di lei, così affondò il naso nel suo collo. Alla fine, riprese il controllo e guardò negli splendidi occhi castani dell'uomo che amava più di quanto avesse mai amato nessuno prima. «Per la cronaca, la tua proposta è stata perfetta.»

Lui sorrise e scrollò le spalle. «Dovremo pensare a una bella storia da raccontare ai nostri bambini. Non sono sicuro che rimarrebbero impressionati da qualcosa come: "Tuo padre mi ha proposto di sposarlo mentre eravamo nudi a letto".»

Ridacchiò. Adorava che continuasse a parlare dei loro futuri figli. Anche lei ne aveva sempre voluti, ma ormai si era quasi convinta che non fosse destino. Ora non riusciva a pensare ad altro che ad avere i bambini di Rocket.

«Ma forse saranno più impressionati quando sapranno che abbiamo ottenuto la licenza di matrimonio il giorno successivo alla proposta... e che la cerimonia si è svolta nell'istante in cui è terminato il periodo di attesa di settantadue ore.»

Stava ancora pensando agli eventuali figli che avrebbero concepito, quindi ci volle un momento perché le sue parole penetrassero. «Come scusa?»

«Oggi il municipio è chiuso, ma pensavo che domani potremmo andare a prendere la licenza. Purtroppo nel Texas c'è un periodo di attesa di tre giorni. Che te ne pare del ventinove come festa di anniversario?»

Jayme era scioccata. Batté le palpebre sorpresa. «Dici sul serio?»

«Sì» rispose, lo sguardo fisso nel suo. «Il giorno peggiore della mia vita è stato quando sono entrato in quel negozio e ho capito cosa stava succedendo. Sapevo che non sarei riuscito a raggiungerti in tempo se quell'uomo avesse deciso di spararti. Quando ho sentito lo sparo, l'unica cosa a cui sono riuscito a pensare è stato a quanto fossi stato idiota per non averti fatta mia prima. È stato un miracolo che quel proiettile non ti abbia colpita, e non voglio aspettare un altro secondo per iniziare la nostra vita insieme.»

«Stiamo già vivendo insieme» disse Jayme, anche se non sapeva perché stesse protestando.

«Desidero che tu abbia il mio nome... se lo vuoi. Voglio proteggerti legalmente ed economicamente. Voglio che tu sappia che non dovrai mai più preoccuparti di niente. Mi prenderò cura di te e di tutti i bambini che potremmo avere. Non ti farò mai del male. Non ti tradirò. Sei tutto per me, Jayme, e non voglio più aspettare.»

Come avrebbe potuto lamentarsi? «La nonna vuole accompagnarmi lungo la navata» lo avvertì.

«Certo. Non lascerei mai tua nonna fuori dalla cerimonia. È stata lei a farci mettere insieme. Possiamo fare una cosa in grande in seguito, se vuoi, ho solo... ho bisogno che tu sia mia legalmente.»

Jayme sapeva che ciò che era successo aveva colpito duramente Rocket, ma ora stava iniziando a rendersi conto esattamente *quanto*. «Non mi serve un matrimonio grande e costoso, ho solo bisogno di te.»

«Potremmo invitare i tuoi genitori» iniziò, ma Jayme scosse la testa e gli mise un dito sulle labbra.

«Capiranno. Mia madre probabilmente andrà in estasi per il fatto che fossi così impaziente di sposarmi da non poter aspettare. Magari faremo un ricevimento o qualcosa del genere così che possano festeggiare ufficialmente con noi, ma non credo che si arrabbieranno per aver perso la cerimonia vera e propria. Credo che saranno felici che non sarò più una vecchia zitella.»

«Non sarai mai una vecchia zitella» disse senza esitazione. «Allora, ti va bene se ci sposiamo questa settimana?»

«Sì. Ti amo, Rocket. E tanto perché tu sappia, se tu eri preoccupato per me in quel negozio, io ero *terrorizzata* per te. Avrebbero potuto sparare a *te* per aver interrotto la rapina. Penso che una volta ottenuti i soldi di tutti i clienti, se ne sarebbero andati senza farci del male. Ma li hai spaventati, quelle donne hanno aggredito uno di loro, e io riuscivo solo a pensare che l'altro ti avrebbe ucciso. Quando sei corso verso di me, giuro di aver visto la mia vita balenarmi davanti agli occhi. Ti sposerei domani se fosse possibile e ovviamente voglio prendere il tuo nome. Non riesco a pensare a niente di più bello che essere Jayme Long.»

«Sei il miglior regalo di Natale che abbia mai ricevuto» le disse con reverenza.

«E tu il mio» replicò.

«So che sei ansiosa di andare giù ad aprire tutti quei regali che non ti ho permesso di toccare, stringere o scuotere... ma saresti disposta ad aspettare un'altra oretta?» le chiese, mentre iniziava a stuzzicarle un capezzolo con le dita.

Jayme si bagnò subito. «Non lo so...» scherzò. «Cos'avevi in mente?»

«Ho solo bisogno di fare uno spuntino mattutino» disse, scivolando lentamente lungo il suo corpo e tirando giù le coperte.

Sorridendo felice, Jayme spalancò le gambe, dandogli spazio. Il suo uomo era fantastico con la bocca. «Suppongo di poter aspettare» ribatté con un sospiro drammatico, mentre lui apriva le sue pieghe e soffiava lievemente sul clitoride.

«Buon per te.» E abbassò la testa.

Trascorse più di un'ora prima che si alzassero e si vestissero per scendere al piano di sotto e festeggiare il loro primo Natale insieme. Erano anche in ritardo per andare a casa di sua nonna perché dopo aver aperto tutti i regali e visto quanto fosse generoso il suo fidanzato, Jayme aveva voluto dimostrargli la sua gratitudine e quanto lo amava, proprio lì sotto le luci dell'albero di Natale.

Quattordici mesi dopo

. . .

Rocket teneva la mano di Jayme mentre lei grugniva e spingeva ancora una volta.

«Ecco. Ci siamo quasi!» disse il dottore incoraggiante.

Avrebbe voluto fare del male al giovane medico. Lo diceva da quelle che sembravano ore.

Era stato così eccitato quando lei gli aveva detto di essere incinta, ma dopo aver visto la difficoltà a partorire e le ore di sofferenza, giurò di non farglielo mai più affrontare. Un figlio sarebbe stato più che sufficiente.

«Vedo la testa!» continuò il dottore con entusiasmo. «Venga qui, papà, e si prepari.»

Staccò con riluttanza la mano da quella di Jayme e si spostò rapidamente per mettersi accanto a lui. Considerando quanto tempo c'era voluto perché suo figlio decidesse di essere pronto a venire al mondo, i minuti successivi passarono sorprendentemente in fretta. Dal corpo di sua moglie scivolò fuori ciò che sembrava un alieno viscido e tagliò il cordone ombelicale dove gli venne indicato. Poi portarono il piccolo su un tavolo per pesarlo e stimolarlo prima di ripulirlo per consegnarlo alla madre.

Rocket tornò al fianco di Jayme e le asciugò la fronte mentre il dottore finiva di medicarla.

«Come sta il bambino?» gli chiese con un po' d'ansia. «Sta bene?»

Prima che potesse rassicurarla, sentirono un urlo forte e incazzato provenire dal tavolo in cui l'avevano sistemato.

Gli rivolse un debole sorriso.

«Sta bene come puoi sentire. Ed è bellissimo. Ti amo da morire!»

Un'infermiera portò il figlio alla mamma e glielo posò sul petto per farli stare pelle a pelle. Jayme lo guardò e i suoi occhi si riempirono di lacrime. «È perfetto!»

Rocket non riuscì nemmeno rispondere. *Era* perfetto. Il loro figlio era assolutamente perfetto. Ma non gli sarebbe importato dell'aspetto o se avesse avuto un problema di salute. Era il loro figlio, quindi perfetto. Non era mai stato più felice.

La vita nell'ultimo anno non era stata priva di problemi. Il Warm Delights non era decollato subito. I primi sei mesi erano stati duri, ma pian piano si era sparsa la voce sulla nuova panetteria in città e Jayme stava finalmente vedendo un buon profitto dopo tutto il sudore e le lacrime.

Rocket aveva avuto l'opportunità di andare oltreoceano per sei mesi e avrebbe significato raddoppiare il suo stipendio, ma avevano appena scoperto che Jayme era incinta e non aveva voluto perdere un secondo della sua gravidanza. Così aveva rifiutato... senza discuterne con sua moglie.

Jayme era rimasta incazzata con lui per almeno una settimana, poi finalmente era riuscito a farla parlare; era sconvolta che avesse preso una decisione così importante senza nemmeno consultarla, e Rocket aveva faticato a capire perché si fosse arrabbiata quando era comunque d'accordo con la sua decisione. Ma ci avevano lavorato e di conseguenza la loro relazione era diventata più forte.

«Benvenuto in famiglia, Connor Rocket Long» sussurrò la neo mamma.

A Rocket si chiuse la gola e i suoi occhi si riempirono di lacrime. Negli ultimi mesi avevano avuto anche delle conversazioni accese riguardo al nome del bambino. Jayme avrebbe voluto chiamarlo Rocket Junior, ma per niente al mondo avrebbe fatto passare a suo figlio quello che aveva subito lui quando era piccolo. Era stato preso in giro senza pietà. Voleva che avesse un nome carino e normale, così non sarebbe stato preso di mira. Magari sarebbe successo per altri motivi, ma almeno non per qualcosa che lui avrebbe potuto impedire.

Quindi Jayme aveva ceduto, ma insistito per dargli una parte di suo padre, l'uomo che amava più della vita stessa.

Il bambino sbadigliò, spalancando la bocca ed emettendo un piccolo squittio, prima di chiudere gli occhi e sospirare.

«Grazie» mormorò Rocket.

«Penso che dovrei dirlo io» sussurrò lei, non volendo svegliare il piccolo.

«No. Grazie per avermi dato una possibilità. Grazie perché mi ami. Grazie per esserti fidata del fatto che ti avrei trattata bene. Grazie per aver voluto avere dei figli con me. Solo... grazie per voler condividere la tua vita con me.»

Jayme stava piangendo. «Prego» mormorò con un sorriso tremante.

Se qualcuno gli avesse detto due anni prima che sarebbe arrivato dov'era quel giorno, sposato e con un bellissimo figlio, avrebbe alzato gli occhi al cielo dicendogli che era pazzo. Aveva passato quarant'anni a cercare "quella giusta" senza credere che l'avrebbe mai trovata. Ma eccola lì.

Eccoli lì.

«Dai, papà, dobbiamo spostare sua moglie in una stanza e riprendere il piccolo Connor per dargli un po' di cure amorevoli» disse una delle infermiere.

Rocket si raddrizzò, ma afferrò la mano di sua moglie mentre le toglievano gentilmente dalle braccia il piccolo.

«Ce lo riporteranno» lo rassicurò con una piccola risatina. Quando i loro occhi s'incontrarono, continuò: «Lo stavi guardando come se avessi paura di non rivederlo mai più.»

«È... è un miracolo, e non riesco a *smettere* di guardarlo.»

«Avrai tutto il tempo per farlo nei prossimi diciotto anni» disse ironicamente, poi sbadigliò proprio come aveva fatto il loro figlio.

Rocket si riscosse. Jayme aveva appena superato la cosa più incredibile che avesse mai visto in vita sua. Aveva bisogno di dormire e di mangiare, e che lui si desse una regolata e si prendesse cura di lei. Non appena le infermiere l'avessero sistemata nella stanza, l'avrebbe aiutata a cambiarsi la camicia da notte e di sicuro lei avrebbe voluto anche la coperta morbida che avevano portato da casa. Poi bisognava pensare anche a Winnie. Avrebbe voluto vedere la nipote e il pronipote.

«Per cos'è quel sorriso?» gli chiese.

«Sto solo pensando a cosa dirà tua nonna quando vedrà Connor.»

Marito e moglie si scambiarono un sorrisetto. Winnie, a novantadue anni e mezzo andava ancora alla grande, e a volte avevano pensato che fosse più eccitata di loro per quel bambino.

«Rocket?»

«Sì?»

«Ti amo.»

«Ti amo anch'io, tesoro.»

La vita era bella e lui era un uomo dannatamente fortunato... e lo sapeva.

Cinque anni dopo

«Connor! Smettila di prendere in giro tua sorella!» gridò Jayme dalla cucina. Stava finendo di preparare la cena e Rocket capì dal tono della voce che era al limite.

I loro figli erano meravigliosi, ma anche tremendi. Avevano avuto Kayleigh più o meno un anno dopo Connor. Non era stato nei loro piani avere un secondo figlio così vicino al primo, ma non avevano preso le precauzioni necessarie dopo che Jayme aveva avuto l'ok per fare di nuovo sesso.

Ne avevano parlato e Rocket aveva accettato di buon grado di sottoporsi a una vasectomia mentre Jayme aspettava Kayleigh. L'ultima cosa che voleva era aggiungere stress a sua moglie, e dal momento che erano entrambi d'accordo che due bambini erano perfetti per la loro famiglia, non ci aveva pensato due volte.

Ora potevano fare l'amore senza preoccuparsi di conseguenze indesiderate. Poteva scopare sua moglie senza riserve... ma ovviamente era più facile a dirsi che a farsi. Con due bambini in casa la loro vita era frenetica, ma riuscivano comunque sempre a trovare il tempo per connettersi fisicamente ed emotivamente.

Connor era un cinquenne turbolento che aveva preso decisamente da suo padre. Era grande per la sua età e i dottori avevano detto che lo sarebbe stato anche da adulto. Non era esattamente una sorpresa dato che il papà era un metro e novantatré. Il ragazzino non aveva ancora imparato a controllare la propria forza e ci stavano lavorando. Ma la cosa che Rocket aveva fatto fin dal momento in cui aveva portato a casa suo figlio era stata inculcargli l'importanza di prendersi cura di coloro che erano più piccoli o più deboli di lui. Era impossibile che uno dei suoi figli diventasse un bullo. Nel modo più assoluto.

Poi c'era Kayleigh. Era minuta come sua madre, e ciò lo faceva sorridere ogni volta che la guardava. Aveva splendidi capelli folti, che il più delle volte erano aggrovigliati. I suoi occhi azzurri potevano convincerlo facilmente come quelli della mamma. Jayme lo accusava di averla viziata, ma non gli importava. Quello era il suo lavoro di padre.

Ma Kayleigh non era una mammoletta. Era scatenata come il fratello maggiore. Sorprendentemente, era Connor che amava passare ore in cucina con sua madre, a imparare a tagliare, mescolare e cuocere, mentre Kayleigh preferiva trascorrere il tempo in garage con suo padre, imparando i nomi degli attrezzi che usava e riempiendosi le mani di olio.

«Bambini!» gridò Rocket. «Venite qui!»

I suoi figli corsero verso di lui, saltandogli in grembo e litigando per scegliere il ginocchio su cui sedersi.

«Se fate i bravi vi racconterò una storia.»

«Raccontaci quella del matrimonio!» lo pregò Connor.

Lui sospirò. «Sei sicuro? L'avrai sentita un milione di volte.»

«Taci e raccontagliela» ribatté Winnie dalla poltrona.

Avevano trasferito da loro la nonna di Jayme un anno e mezzo prima. Non avrebbe voluto lasciare la sua graziosa casetta, ma era arrivato il momento. Aveva difficoltà a prendersi cura di se stessa da sola e le serviva aiuto. Non potevano sopportare di metterla in una casa di cura o in un centro di assistenza. Quindi Winnie stava trascorrendo gli ultimi anni della sua vita da loro, circondata dalla follia che era una casa con due bambini piccoli e due adulti che lavoravano.

«Ok. Allora io e tua madre ci siamo fidanzati il giorno di Natale. Le ho regalato il bellissimo anello che indossa ancora oggi e siamo andati subito a prendere i documenti necessari per sposarci il prima possibile.»

Connor e Kayleigh ascoltavano affascinati, e ciò lo divertiva dato che avevano sentito quella storia un sacco di volte.

«Quando è arrivato il grande giorno, siamo andati in municipio con la bisnonna. Voleva accompagnare vostra madre all'altare, dato che era stata lei a presentarmela. Quando siamo arrivati lì, però c'era un caos pazzesco. A quanto pare molte altre coppie avevano avuto la nostra idea, e dato che si faceva sempre più tardi e si stava avvicinando l'orario di chiusura, temevamo di non poterci sposare quel giorno, e sarebbe stato un gran peccato perché lo desideravamo tantissimo.

Proprio quando stavamo per perdere le speranze hanno chiamato i nostri nomi. Così noi tre ci siamo alzati per andare nella stanza dove si svolgeva la cerimonia. Ma invece di essere splendidamente decorata come avevamo immaginato, siamo stati condotti in un cubicolo. Non c'era la navata, ma la bisnonna era determinata, ha preso la mano di vostra madre e l'ha allontanata da me. Mi ha spinto a meno di un metro davanti a loro e mi ha ordinato di girarmi.

Ho cercato di non ridere, ma era impossibile. Così mi sono allontanato di un passo, lei ha sollevato il mento e insieme hanno fatto un passo verso di me.

Poi nonna Winnie ha messo la mano di vostra madre nella mia e ha detto: "Ecco. Fatto."

Io e la mamma stavamo cercando davvero tanto di non ridere, ma quando l'officiante ha iniziato a parlare, ci è stato impossibile non farlo quando ha detto: "siamo tutti riuniti qui oggi", visto che eravamo solo noi tre, più due persone che sbirciavano nel cubicolo dall'atrio, che erano i testimoni. E una volta che abbiamo iniziato a ridacchiare, non siamo riusciti a smettere. Però l'uomo non si è fermato, ha continuato a parlare sopra le nostre risatine. Quando è arrivato alla parte in cui avremmo dovuto pronunciare le nostre promesse, non siamo riusciti a dire altro che: "Lo voglio". Non ce l'abbiamo fatta a dire le belle cose che ci eravamo scritti!»

I bambini stavano ridendo a quel punto, e Rocket vide Jayme guardarli dalla cucina con un sorriso enorme.

«Ma poi avete rifatto tutto!» disse Connor con sicurezza.

«Sì. Quel giorno, il ventinove dicembre, ci siamo sposati ufficialmente, ma tre mesi dopo abbiamo fatto una festa proprio qui nel nostro cortile e ci siamo detti le promesse che avevamo scritto l'uno per l'altra, e la bisnonna ha potuto finalmente accompagnare la mamma lungo una navata più appropriata.»

«È stata una grande festa!» si intromise Kayleigh.

«Avete invitato tutti i vostri amici della base e la mamma ha preparato un sacco di biscotti!»

«Giusto. E c'erano anche tutti e quattro i nonni.»

A Rocket piaceva che i suoi figli volessero sempre ascoltare quella storia. Si scambiò uno sguardo con Jayme dall'altra parte della stanza. Il loro matrimonio non era andato come si aspettavano, ma raccontare di quel giorno non mancava mai di farli sorridere, e per quanto lo riguardava, era un dono.

«La cena è pronta» gridò Jayme.

Connor e Kayleigh saltarono giù dalle sue ginocchia e corsero al tavolo. Non mangiavano tutti insieme tutte le sere, ma cercavano di farlo il più spesso possibile.

Rocket aiutò Winnie ad alzarsi in piedi. Quando la fece accomodare a tavola, andò in cucina e si prese un secondo per dare un rapido bacio a sua moglie. «Grazie per la cena.»

Non dava mai Jayme per scontata e lei faceva sempre del suo meglio per uscire dal lavoro a un'ora ragionevole, perché non poteva dimenticare ciò che le aveva detto una volta, cioè che gli piaceva tornare a casa e sentire il profumo della cena sui fornelli.

«Prego» rispose.

Poi si chinò e le sfiorò il collo con il naso, senza mai stancarsi dei lievi gemiti che faceva sua moglie e del modo in cui si aggrappava sempre a lui come se non riuscisse a trattenersi. «Ti mostrerò quanto sono riconoscente stanotte.»

Il suo respiro brusco lo fece sorridere.

«Mamma! Ho fame!» esclamò Kayleigh dal tavolo.

«La tua prole ha fame» gli disse Jayme, mentre prendeva un piatto che aveva già preparato e lo spingeva nelle sue mani.

Lo prese sorridendo, ma prima di andare al tavolo per dar da mangiare ai suoi piccoli mostri, si prese il tempo di baciare dolcemente sua moglie sulla fronte. Erano sposati da oltre sei anni e l'amava ancor più di quando le aveva messo l'anello al dito.

Non sapeva cosa ci fosse in serbo per i successivi sei anni, ma non vedeva l'ora di scoprirlo.

Vent'anni dopo

«Buon Natale» disse Rocket a Jayme mentre le porgeva una scatola. Era la loro tradizione, fin da quel primo Natale insieme; quando si svegliavano lui le faceva un regalo.

«Mi vizi» sussurrò.

«Sì» concordò.

La guardò aprire la lunga scatola ed esclamare di gioia vedendo il coltello che c'era dentro.

«Mi hai preso il set che volevo!» esclamò.

«No. Solo uno. Quelle cose sono costose» scherzò.

Ma Jayme scosse la testa e rise. «Ma va. Non mi avresti mai preso solo un coltello. Ti conosco.»

Non si sbagliava. Rocket la baciò. «Gli altri sono al piano di sotto in attesa di essere aperti. E devi sapere che sei l'unica donna a cui abbia mai considerato di regalare un set di terribili coltelli affilati.»

Lei ridacchiò. «Sì, be', se non ti ho ancora ucciso, penso che tu sia al sicuro.» Rimise il coltello nella scatola e si rannicchiò al suo fianco. «Ricordi quando i bambini erano piccoli e dovevi impostare la sveglia tipo alle tre del mattino, così potevamo avere il nostro momento speciale senza essere interrotti?»

«Sì. Avevano l'abilità particolare di svegliarsi alle prime luci dell'alba e saltarci addosso.»

Rimasero entrambi in silenzio per un momento, poi Jayme disse: «Mi manca.»

«Be', quando erano adolescenti, erano felici di avere un giorno per dormire più a lungo. In quel caso eravamo *noi* a disturbarli se non si svegliavano per le nove» rifletté lui.

«Già. Sono cresciuti bene, vero?» gli chiese.

Era proprio così. Connor aveva ereditato la passione culinaria di sua madre e aveva frequentato una scuola di cucina. Stava lavorando in un ristorante a cinque stelle a Dallas e sognava di aprirne uno suo un giorno. Rocket si era un po' turbato per conto di Jayme che il figlio non avesse voluto rilevare la panetteria, ma lei lo aveva rassicurato di essere contenta che stesse prendendo la propria strada nella vita. Aveva finalmente deciso di vendere il Warm Delights e sembrava felice che la sua eredità continuasse.

Kayleigh aveva seguito le orme del padre e preso la laurea in ingegneria automobilistica, ed era stata assunta dallo stesso appaltatore per cui aveva lavorato Rocket, che ora era in pensione. Era impiegata a Fort Bragg, nella Carolina del Nord. Attualmente, i loro figli erano entrambi a casa per un'intera settimana.

«Sono fantastici» disse Rocket con voce piena di orgoglio.

Jayme guardò l'orologio. «Sono le sette. Pensi che dovremmo andare a svegliarli?»

Lui finse di pensarci prima di scuotere la testa. «Abbiamo almeno due ore di pace. Posso pensare a cose migliori da fare che torturare i nostri figli.»

«Ah sì? Forse *potrei* dormire ancora un po'.»

La loro vita sessuale era stata stabile nel corso degli anni, ma ormai non facevano più l'amore ogni notte. Si accontentavano di stare accoccolati e stringersi mentre dormivano, ma di tanto in tanto, il bisogno di fare di più li prendeva. Come in quel momento.

Rocket afferrò l'orlo della canottiera di Jayme e infilò la mano sotto. «Dormire ancora, eh?»

Si dimenò contro di lui. «Ok, forse non sono *così* stanca» scherzò.

Lui sorrise e si spostò lungo il suo corpo, afferrandole le mutandine e sfilandogliele. Poteva avere più di sessant'anni, ma non ne aveva mai abbastanza di sua moglie. Amava il suo sapore, come si dimenava sotto di lui e il modo in cui pronunciava il suo nome quando veniva. Cazzo, amava tutto di lei.

Due ore più tardi, dopo aver svegliato i loro figli e dopo che Jayme aveva servito le girelle alla cannella grandi e dolci che sapeva piacevano tanto a tutti, Rocket guardò la sua famiglia aprire i regali.

«Avete ricevuto tutto ciò che desideravate?» chiese lei quando ebbero finito. C'era carta dappertutto e la casa era un disastro.

Tra i mormorii d'assenso dei ragazzi si voltò verso sua moglie e la baciò sulla tempia, stringendola contro il suo fianco. «Ho avuto tutto ciò che desideravo ventisei anni fa, quando hai detto "lo voglio"» rispose con sincerità.

A volte aveva dei flashback di quella volta in cui era entrato in negozio durante una rapina a mano armata e aveva visto sua moglie con una pistola puntata verso di lei, e non poteva far altro che ringraziare la sua buona stella che ne fossero usciti entrambi vivi. Non riusciva a immaginare di non avere Connor o Kayleigh nella sua vita. Non poteva immaginare di non avere tutto ciò che aveva vissuto negli ultimi ventisei anni.

«Ti amo» disse Jayme.

«Ti amo anch'io» rispose.

Avevano avuto la loro buona parte di alti e bassi, ma non avrebbe cambiato nulla. Nemmeno una cosa.

———

Volete saperne di più su Brain e Aspen? Acquistate subito *La forza di Aspen*! Anzi, partite dall'inizio della serie Team Delta Due con *La forza di Gillian*! Potrete conoscere tutta la gang!

Cerca il prossimo libro della serie Team Delta Due: *La forza di Riley*

Meritare Lara

Meritare Maisy

Meritare Ryleigh

Forze Speciali alle Hawaii

Trovare Elodie

Trovare Lexie

Trovare Kenna

Trovare Monica

Trovare Carly

Trovare Ashlyn

Trovare Jodelle (22 Luglio)

Armi & Amori: verso il futuro

Soccorrere Caite

Soccorrere Brenae

Soccorrere Sidney

Soccorrere Piper

Soccorrere Zoey

Soccorrere Avery

Soccorrere Kalee

Soccorrere Jane

Delta Force Heroes

Salvare Rayne

Salvare Emily

Salvare Harley

Il Matrimonio di Emily
Salvare Kassie
Salvare Bryn
Salvare Casey
Salvare Sadie
Salvare Wendy
Salvare Mary
Salvare Macie
Salvare Annie

Armi e Amori

Proteggere Caroline
Proteggere Alabama
Proteggere Fiona
Il Matrimonio di Caroline
Proteggere Summer
Proteggere Cheyenne
Proteggere Jessyka
Proteggere Julie
Proteggere Melody
Proteggere il Futuro
Proteggere Kiera
Proteggere i figli di Alabama
Proteggere Dakota

Mercenari di Montagna

Difendere Allye

Difendere Chloe
Difendere Morgan
Difendere Harlow
Difendere Everly
Difendere Zara
Difendere Raven

Ace Security
Il riscatto di Grace
Il riscatto di Alexis
Il riscatto di Bailey
Il riscatto di Felicity
Il riscatto di Sarah

Una raccolta di storie brevi
Un momento nel tempo

BIOGRAFIA

L'autrice best seller del *New York Times, USA Today,* e *Wall Street Journal*, Susan Stoker ha un cuore grande come lo stato del Texas, dove vive, ma questa tipica ragazza americana ha trascorso gli ultimi quattordici anni vivendo nel Missouri, in California, in Colorado, e nell'Indiana. È sposata con un ex militare dell'esercito, che ora la segue in tutto il Paese.

Ha debuttato con la sua prima serie nel 2014, seguita dalla serie SEAL of Protection, che ha consolidato il suo amore per la scrittura, e la creazione di storie in cui i lettori possono perdersi.

Se ti è piaciuto questo libro, o qualsiasi libro, per favore considera di lasciare una recensione. Gli autori lo apprezzano più di quanto tu possa immaginare.

www.stokeraces.com
susan@stokeraces.com

BIOGRAFIA

L'autrice best seller del *New York Times*, *USA Today*, e *Wall Street Journal*, Susan Stoker ha un cuore grande come lo stato del Texas, dove vive, ma questa tipica ragazza americana ha trascorso gli ultimi quattordici anni vivendo nel Missouri, in California, in Colorado, e nell'Indiana. È sposata con un ex militare dell'esercito, che ora la segue in tutto il Paese.

Ha debuttato con la sua prima serie nel 2014, seguita dalla serie SEAL of Protection, che ha consolidato il suo amore per la scrittura, e la creazione di storie in cui i lettori possono perdersi.

Se ti è piaciuto questo libro, o qualsiasi libro, per favore considera di lasciare una recensione. Gli autori lo apprezzano più di quanto tu possa immaginare.

www.stokeraces.com

susan@stokeraces.com

www.ingramcontent.com/pod-product-compliance
Lightning Source LLC
Chambersburg PA
CBHW070549100726
47907CB00004B/1316